討ち　夜逃げ若殿 捕物噺7

聖 龍人

時代小説

二見時代小説文庫

目次

花瓶の仇討ち——夜逃げ若殿 捕物噺7

第一話　花瓶の仇討ち

一

春の嵐が吹き荒れていた。

新年を迎えたというのに、あまりにも寒いので、上野山下《うえのやました》にある、書画骨董などを扱っている片岡屋《かたおかや》では、千太郎《せんたろう》が火鉢を抱えて手をあぶっていた。

この千太郎、見た目はぼんやりしているが、下総《しもうさ》三万五千石をいただく、稲月《いなづき》家のれっきとした若殿さまなのである。

それなのに屋敷を抜け出すという暴挙にでたのは、祝言《しゅうげん》を目の前にして、

「一度は、江戸の町で暮らしてみたい」

という勝手な思いからだった。祝言をしてしまったら、気ままな生活ができなくな

る、というのが理由である。

若殿さまにそんな勝手な行動を取られては、周りが困る。江戸家老の佐原源兵衛《さはらげんべえ》は、とんでもない、と止めたのだが、千太郎はとっとと夜逃げをしてしまったのである。

話は、それだけでは終わらないのだった。

千太郎の許嫁《いいなずけ》、由布《ゆう》姫は、御三卿《ごさんきょう》・田安《たやす》家に関わる姫様。じゃじゃ馬として知られる暴れ姫だ。お付きの志津《しづ》と一緒になって、ときどき江戸の町を出歩くような姫なのである。

婚儀が決まると、祝言《しゅうげん》をしたら遊ぶことができなくなってしまうとばかりに、雪《ゆき》と名前を替え、身分を隠して、いままで以上に遊びだした。

その結果、ある事件をきっかけに、ふたりは、出会った。だが、お互いに身分を隠した間柄、はっきりと正体を明かすことはできずにいたのだった。

しかし、やがて気がつき始めた。

由布姫は、このおかたは、稲月家の若殿、千太郎君《ぎみ》。

千太郎は、このじゃじゃ馬は、おそらく由布姫だ、と。

それでも、ふたりは本当の身分を明かすことはない。心の声で会話をすることができていたからだ。

千太郎は、片岡屋では自分のことをまるで忘れてしまった、という謳《うた》い文句で暮らしている。片岡屋の主人、治右衛門《はるえもん》はもちろん、事件の探索をきっかけに、顔見知りになった山之宿《やまのしゅく》の親分、弥市《やいち》も、千太郎の本当の姿は知らない。

さらにいえば、佐原源兵衛に命じられて千太郎を屋敷に連れて帰るために働く源兵衛の倅、市之丞《いちのじょう》は、由布姫の正体を知らず、由布姫のお付きとして、ときどき江戸の町を徘徊する志津も千太郎の正体は知らない。

千太郎と由布姫だけが、お互いの身分に気がついているのであった。

天竺《てんじく》らしき場所に、花鳥が飛んでいる。

森のなかに大きな孔雀《くじゃく》が、こちらを向いていた。その目は、なにかを訴えるようである。

そのとなりには、大きな赤い花が咲いていて、そばに蜻蛉《とんぼ》が群れていた。

花や鳥などが入り組んではいるが、それぞれ、規則を守っているようにも見えた。

「うーむ。これは本物か、それとも偽物か」

片岡屋の表座敷で唸っているのは、千太郎である。

帳場からちららと横目で治右衛門が、睨んでいる。なにを迷っているのか、という目つきだ。

「なにをそんなに眺めているんだね」

鉤鼻《かぎ》に鋭い目つきはどこから見ても古物商の主人には見えない。

千太郎が手にしているのは、一幅の絵だ。

「誰の絵だね？」

「おそらくは、狩野《かのう》派……」

そういって、千太郎は絵を渡した。

書き付けていた帳簿の手を止めて、治右衛門は、じっと見つめたり、すかしてみたり、いろんなことをする。一応、見る目はあるのだ。

「なるほど、これは難しい」

「本物と思うかな？」

「はて、どうだろう……」

鼻に皺《しわ》を寄せて治右衛門は、答えた。

「急ぎの鑑定ですかな？」

「今日、返事を聞きにくる約束になっているのだがなぁ」

本来なら、急がねばならないというのに、千太郎に焦りの様子は見えない。

と、入り口に女が立っていることに、治右衛門は気がついた。

「あのお女性《にょしょう》かな?」

はん? と千太郎は顔を入り口に向ける。

そこには、縞柄の小袖を小粋に着込み、綿入れを羽織った女が立っていた。

「違う」

「では、なにかを持ち込もうというのかな?」

よいしょといって、治右衛門は立ち上がった。千太郎がいるときはほとんど体を動かそうとしないから、珍しい。

外に立っている女の前に行き、

「ご用ならば、気軽に入られよ」

偉そうな口振りだが、治右衛門にしてみたら、せいいっぱいのお愛想である。

女は、一瞬、驚き顔をしたが、千太郎が手招きしているのを見て、小さく頭を下げた。

治右衛門の招きより、千太郎の茫洋とした顔つきに、心を動かされたらしい。

式台から、表座敷に足を踏み入れた女。歳の頃なら二十歳を過ぎたくらいか。治右衛門は自分の横を通り過ぎる女に対して、別段、嫌な顔もせずに帳場に戻った。

女は、音も立てずに千太郎の前に座った。

「鑑定していただきたいものがあるのですが」

「はいはい、なんでもござれです」

「あら、それは占い師の台詞《せりふ》ですわ」

「ほい、これはしまった」

屈託《くったく》のない顔をする千太郎に、女は一気に気持ちが軽くなったようだった。

「御成街道《おなりかいどう》にある、太物屋《ふとものや》、伊勢勝《いせかつ》の内儀で、吉《きち》ともうします」

ていねいに頭を下げる姿は、若くても内儀の貫禄は十分だった。

「片岡屋さんの、ぼんやり鑑定さんは、面白い人だと聞いてきました」

「ほう……」

「確かに、ちょっとお変わりになっているような」

「はて」

「ご自分のことも忘れているとか」

「いかにも」

お吉は口に手を当てて、笑いだした。けらけらと声に出すその姿は、年齢にふさわしい。

「本当に、お変わりになっていますねぇ」

「そうであろうか」

「そうでありますよ」

そういいながら、お吉は、座った横に置いてあった風呂敷包みの結び目を解いた。

「これなんです」

取り出したのは、花瓶だった。高さは一尺にちょっと足りないくらいか。白磁《はくじ》である。

「どうですか？」

「いま見たばかりだから、そういわれても」

袖でくるんで、持ち上げた千太郎。お吉はじっと返答を待っている。

ふむふむ、と見ていたが、

「これのなにを知りたいのだ」

「唐物《からもの》だという話だったので、それが真《まこと》の話かどうか知りたいのです」

「なるほど……」

高台《こうだい》を見たり、とんとんと口を叩いたりしながら、千太郎はまた問う。

「本物か偽物か、それを知ってどうするのかな？」

「さて、いかがいたしましょうか」

にんまりと浮かべた笑みには、いままでとは異なる顔があった。商売人の微笑みだ。

「では、はっきり申そう」

「お願いします」

「偽物だ。唐物ではない。まぁ、白磁であることは確かだが、あまりいい腕とはいえぬ」

「………」

「残念であったなぁ」

「……そうですか」

うつむいているお吉に、千太郎は花瓶を戻して、

「いきさつを訊こうか」

じっとお吉を見据えた。

それまで、じっと息を止めていた治右衛門が、立ち上がった。邪魔をしてはいけないと考えたのだろう。この程度の斟酌《しんしゃく》はできる、というわけだ。

お吉は、かすかに治右衛門に頭を下げて、見送った。

「どこから話をいたしましょうか」

「最初からいたしたらよい」

はい、と頷いてお吉はほっとため息をついてから話し始めた。

それによると、この花瓶は、家宝だという。

以前奉公していた旗本の家が、家督相続争いが公儀に知られて取り潰しにあってしまった。そのときにもらったのが、この花瓶だった。いまは夫のある身となり、自分は楽をしている。なんとかして、困っている元旗本を助けたいと思い、この花瓶を売って金にしようと考えた……。

「そういうことであったか」

お吉は、さめざめと泣きながら千太郎にどうしたらよいものか、と顔を向けた。

「そういわれてものぉ」

眉をひそめて、また、困ったのぉと、腕組みをする。

千太郎にしてみたら、いまの話は他人のことという意識があるのだろうと、お吉は感じている。だが、千太郎の頭のなかはまるで違っていた。

「しかし、偽物ではいかんともしがたいではないか」

そうですねぇと、お吉は唇を噛むしかない。

しばらく、思案していたようであったが、

「わかりました。別の方法を考えてみます」

深くお辞儀をして、お吉は悲しみのうちに店を出ていった。

治右衛門が陰から出てきて、可哀想なことをした、と呟いた。

そうはいったところで、千太郎には、どうにもならない。じっと腕を組んでいると、ばたばたと、激しい足音が聞こえてきたと思ったら、なんとお吉が血相を変えて、店のなかに飛び込んできたのだった。

「いかがした」

千太郎が問うと、お吉は勢い込んで、

「盗まれました！」

と、叫んだ。

「花瓶をですか？」

問うたのは、治右衛門だった。意外そうな顔つきである。

偽物の花瓶を盗《と》ったところで一文の得にもならないはずだ。それとも盗まれましたというのは、狂言か？　もっとも、そんなことをしても、意味はない。なにしろ、あの花瓶は二束三文である。

「どういうことかな？」

お吉は、目の色が変わっている。

「そこでいきなりぶつかってきた男がいました。あっと思って逃げようとしたとき、風呂敷包みを落としてしまったのです」

「相手の顔は見なかったのか？」

落ち着いた声で、千太郎は訊いた。

「遊び人のような感じでした。体は細くてすばしっこいように見えました」

「ふむ」

少し眉根を寄せて千太郎は、思案ふうである。

「千太郎さま」

必死な目つきで、お吉はすがりつくようだ。

ふと目を上げて、千太郎はお吉に目をぴたりと据えた。

「お吉さん、危険なことになるかもしれぬが、それでも構わぬかな？」

「もちろんでございます。簡単にいくとは思っておりません」

「ならば、なにかよきことを思案せねばならぬようだが……」

「千太郎さまにおすがりするしかありません」

殊勝な面立ちでお吉は、頭を下げた。

二

日本橋川は、昨日の雨で水かさが増えている。

朝は、威勢のいい声が交差するのだが、いまは魚河岸《うおがし》は閉まっている。その代わり、着飾った娘たちの姿が目立っていた。

同時に大根河岸《だいこんがし》から荷揚げされた野菜をいっぱい積んだ荷馬車や、大八車などが行き交っていた。

川沿いを歩く千太郎の後を弥市が、仏頂面《ぶっちょうづら》で続いている。たいして手柄にはならない手伝いをさせられて、弥市は不機嫌なのである。

「親分、いつまでも、そんな顔をしていると、元に戻らなくなってしまうぞ」

「別にそうでも、問題はありませんや」

「そんなことをいうではない。人の顔というのは一生ついて回るものだ」

「どうせ、あっしの顔なんざたいしたことはねぇですから」

「そんなことはない」

「おや、誉めてくれるんですかい？」

「そんなようなものだな」

それでも弥市は、にこりともしなかった。

まぁ、よいか、と千太郎は呟き足を速めた。

弥市が不機嫌なのは、数日前からの町の噂にあった。

それは、なんと花瓶が夜な夜なひとりで歩き回っているというのである。

千太郎は、大笑いをしながら聞いていたが、実利的なことしか興味のない弥市には、くだらぬ悪戯《いたずら》にしか感じられないのである。

それなのに、千太郎は噂の出所を探してみようなどといいだしたから、とたんに不機嫌になってしまった。

どうしてそんな噂を追いかけるのか弥市はわからねぇ、とぶつぶつ言い続けているのである。

「親分」

「なんです？」

いま、千太郎は、店の前に立っている。

日本橋と京橋の中間くらいのところである。以前は旗本が住んでいた。それを買い取った商人がいた。

そこの主人が建物を改装して、いまの造りになったようである。

二階建てで一階は、店前になっていたのだろう。

いまは、絹糸屋に変わっている。

「ここが噂の出所らしいのだがな」

「それはようござんした。花瓶がそのあたりから、よちよち歩きをしてくるんじゃありませんかね」

「そうなったら面白いのだがな」

「あっしには、まったくそのような気持ちはありませんから」

「そっけないなぁ」

そうはいいながらも、千太郎はたいして気にしてもいないようだ。

千太郎は、弥市のことは取り敢えず放っておくことにしたらしい。そのほうが面倒もなくていいだろう。

家の前でじっくり店を観察している。

「なにか花瓶らしきものが、見えますかい？」

いつまでも文句を言い続けても始まらないとでも思ったか、弥市がそばに寄って訊いた。

「まだだな」

「ということは、もっと後になると出てくるということですかね」

「それもわからぬ」

「では、どうしてこの頃合いに来たんです？」

いまは、申《さる》の刻を過ぎたばかり。

「まだお化けが出る刻限ではありませんからねぇ」

「ちと早かったかもしれぬな」

その台詞を聞いて、弥市はまたあきれ顔をする。

「こりないおかたですねぇ」

「それが取り柄だからなぁ」

千太郎は、にやりとする。懐手《ふところで》になって建物の屋根を見上げた。うだつが見えている。これは、成功者の印のようなものだ。

「豪勢なものだ」

千太郎は、感嘆の声を上げると、弥市も確かにと同調した。

「どんな野郎が入っているんですかねぇ」

「金持ちだろうなぁ」

「それは、そうでしょうよ」

鼻白《はなじろ》みながら、弥市は答えた。

「で、この店を見てからどうするんです？」

「花瓶のお化けが出るかどうか訊いてみようと思ったのだが」

「やめるんですかい？」

ふむ、と千太郎は思案顔をする。弥市は半分ばかにしているに違いないのだがそこは岡っ引き、一応店の周囲を検《あらた》めるように歩き回った。

「なにもおかしなことはありませんがねぇ」

「これはなんだと思う」

千太郎が指差した先に、なにかが引きずられたような跡があった。

「これはなにか丸いものが引きずられたみてぇだ」

しゃがんで指でなぞった。

「親分はどう見るかな」

立ち上がった弥市は、花瓶の跡に見えねぇこともねぇと答えた。

その顔は、困惑しているようにも見受けられる。

まさか、という気持ちもあるのだろう。

それでも、まさか花瓶が一人で歩き回ることなど、ない、と弥市は信じている。

「旦那は、本当にろくでもねぇ花瓶が、ひとりで歩き回っているなどと思っているんですかい？」

さあなぁ、とはっきり答えずに、千太郎は店の周りを弥市と同じように、うろついた。

「まだ、なにかあるとでも？」

「いや、この花瓶跡を追いかけてみようと思うてな」

「花瓶なんてぇえらそうな呼び名にするから、歩くなんぞと思ってしまうんでさぁ。ようするに、ただの花瓶でしょう」

「情緒のないことをいうでない」

「あいすんませんねぇ。どうせ、あっしはあまのじゃくですから」

「ほう、山之宿からあまの宿に変えたのか」

千太郎は、ふむと頷きながら、屋根を見上げた。

「誰か、いる……」

驚いて弥市は目を上に向けたが、人らしき姿はない。

猫の子一匹見えない。

不審な目を千太郎に送ると、千太郎は、消えたかと呟いた。

弥市は、なにが起きているのか、よくわからないといいたいのか、首を振っている。

「本当に人がいたんですかい？」

「いた。確かだ」

自信ありげに千太郎は答えた。弥市は、まだ得心はいかないという目つきである。

陽は高いから盗っ人とも考え難い。では、誰がなんのためにそのようなことをしたのか？

「屋根の修理ということはありませんかねぇ？」

「そうかもしれぬな」

あっさりと答えた千太郎に、弥市はちっと舌打ちをした。

「相変わらず機嫌が悪いなぁ」

「なにも、はっきりしてませんからねぇ。機嫌もよくなりませんや」

そうか、と千太郎は苦笑するだけである。

これからどうするかと問う弥市に、千太郎は、そうだなぁ、と空を見上げた。

まだ、そこに誰かがいるような目つきである。仁王立ちをする千太郎に、弥市は呆れ顔をするしかない。

　そんなことは頓着せずに千太郎は、ようやく歩きだした。

　すたすたと京橋のほうに歩を進めていく。

　弥市も今度は、どこに行くのかとは訊かない。千太郎は、速足である。弥市が慌てて追いかけた。

　と、京橋の袂《たもと》まで着いたら、由布姫が待っていた。今日は、正月用の晴れ着では、ない。町娘の格好である。

「おや雪さん、どうしてここへ？」

　弥市は、不思議そうに訊いた。

「千太郎さんと約束していたのです。なにか見つかりましたか？」

　その言葉に弥市は、苦々《にがにが》しい顔つきで、

「そこなんですがねぇ。そこのお人に訊いてくれませんかねぇ」

「おや？　なにをです？」

　由布姫は、千太郎の独り合点がまた始まったかと苦笑する。このような千太郎の動きはいま初めてではない。

「千太郎さん、弥市親分が音《ね》をあげていますよ」

「はてな、それは、どういうことかな？」

惚《とぼ》けるわけでもなく、本気で首を傾げるので、弥市は、ずうっとこの調子だと、肩をすくめた。

由布姫は、あははと笑いながら、

「なにを考えているのか教えてくださいませんか？」

ふむ、と千太郎は、懐手をしながら、簡単なことだと話し始める。

千太郎は、花瓶が歩いたのはなぜかそれを知りたいだけだ、と答えた。

「ですから、そんな話を鵜呑みにはできねぇ」

弥市は、不機嫌さを増長した。

千太郎は、あり得ないことが起きたら、それを調べるのもご用聞きの仕事ではないか、と弥市を睨みつける。

そういわれると、確かにそうだ。世のなかを惑わせるような話は、ほうっておくわけにはいかない。

由布姫は、ちゃんと解説してくれないと頷けない、と食い下がった。

その問いに、千太郎が伝えたのは次のような内容である。

花瓶がひとり歩きをするわけがない。だからこそ、そのような噂が立つのは、裏に必ず理由があるはず。だから、それを見つけたい。

さらに、どんな花瓶なのか、それも知りたいのだ、と。

「そんなことを知ってどうなるんです？」

まるで意味がない、と弥市は顔をしかめる。

「それは調べてみなければ、判断はつかぬぞ」

千太郎は答えた。

「花瓶が私に助けを呼んでいるのだ」

弥市と由布姫をじっと見た。

「ただの花瓶が言葉を話すとは思えませんが、千太郎さんがそのように感じたのなら、探ってみるのも必要かもしれませんね」

由布姫が賛同した。弥市も仕方なく、頷きながら十手をしごいた。

「旦那の思いはわかりましたが、あっしはどうしても花瓶が歩くとは思えませんがねぇ」

「そこだよ親分」

「はあ」

弥市は、十手で肩をとんとんと叩いた。肩が凝っているわけではない。意味がわからないという動作である。

「裏で操っている者がいるはずではないか？」

「何度もいいますが花瓶が自分で歩いたり、しゃべったりするわけがねぇ」

「しゃべったとは聞いてはおらぬがな」

その言葉に弥市は、苦々しい顔をする。やりこめられたという目つきである。

「まぁなんでもいいです。付き合いましょう」

またも十手をぐいっとしごきながら由布姫を見る。

「普段、花瓶が歩くところなど見ることはできませんからねぇ。私もお付き合いいたしましょう」

「これでよし」

千太郎はにんまりとふたりに目線を送った。

三

お吉の店は、京橋にある。

京橋は日本橋と同じように擬宝珠《ぎぼし》が飾られてある。江戸で擬宝珠のある橋は、ほかには新橋だけである。

日本橋川には、いまたくさんの荷船が舫《もや》っていた。ときどき野菜を積んだ船が川を滑っていく。大根河岸があるからだ。

お吉の店は、河岸のそばにあり、川からも直接上がることができそうである。店を訪ねるときは、予《あらかじ》め先触れをしておくのが礼儀だ。だが、千太郎にそのような配慮はない。

お吉は、突然の訪問にも嫌な顔もせずに、歓迎してくれた。

「いかがいたしましたか？」

如才なくお吉は千太郎を上座に座らせて、頭を下げた。由布姫や弥市がいることも、気にはしていないようだった。

「なにか、おわかりになりましたでしょうか？」

「ちと、訊きたいことがあってな。それでまかり出てきたのだ」

「それはご苦労様でございます」

ふむ、と千太郎は頷いてから、近頃、花瓶が歩いているという噂を聞いたことはないか、と問う。

「はい、不思議なことだと思っておりました。どういうことなのでございましょう？」

「お吉さんなら、なにか知っているのではないかと思って来てみたのだがなぁ」

「さぁ、一向に……」

お吉は、可愛く小首を傾げて、千太郎の顔を凝視する。黒眼が美しい。

「それよりも、盗まれた花瓶の行方は、いかがでございましょう？　あるいは、歩く花瓶が、私が盗まれたものだということでしょうか？」

いま鋭意探索中である、と千太郎は答えたが、まだ始めたばかりだ。

歩く花瓶に目が向いているだけである。もっとも、それが盗まれたものと関わりがあるのではないかと踏んでの行動だろうと、弥市は、心のなかで呟きながら、じっとお吉の様子を窺っていた。

若いわりには落ち着きがある。貫禄もある。美形でもある。

こんな女は、なかなか尻尾は摑ませない、とも思う。

もともと、花瓶を持ち込んだのは、お吉ではないか。盗まれたというのは真《まこと》のことか、弥市はそこから気になっている。

目の前の女は、本当に困っているような仕種《しぐさ》を見せている。それも、信用ならねぇ、と弥市は内心考えていた。

だが、先入観は目を曇らせる。

弥市はふたたび、お吉に目をやった。

千太郎と談笑している姿は、どこから見てもお店の内儀である。別段、おかしなところは感じられない。こんな女が世間を騒がせるような騒ぎを起こすものだろうか？

やはり気のせいか、と音を立ててため息をついた。

「おや？　弥市親分、お吉さんの美しさに目が奪われていたかな」

「そんなことではありません」

「機嫌の悪さは、まだ続いているようだが」

「すぐは戻りませんです」

お吉は驚きの目を弥市に向けた。

「親分さん、私がなにか気に障るようなことをいいましたか？　もし、そうなら、謝りますが」

「……いや、そんなことではありませんから」

お気遣いなく、という言葉を飲み込んだ。

そんなまやかしの言葉はいらねぇ、とでもいいたそうに、わざと十手を取り出して、

「花瓶がひとりで歩くなどと、江戸の風紀を乱すようなことを噂する奴に対して、腹が立っているだけでさぁ」

「まぁ……」

弥市の言葉には棘《とげ》があった。不機嫌さは、その場の雰囲気を悪くする。由布姫は、はらはらしているのだが、千太郎は、そんな弥市の態度も別段気にしてはいないらしい。

「まぁ、花瓶にだって命はある」

「ありません」

ある、ない、ある、ない、ある、ない、とやり取りが続く。

「まあまぁ、そんなことより、いまはお吉さんが盗まれたという花瓶の話のほうが大事でしょう」

いい加減にしてほしい、という顔つきで由布姫がふたりを止めた。

「そうだ、そのとおりだ」

千太郎はまるで他人事《ひとごと》のようである。

「ただの花瓶がどうして独り歩きをするんです？」

弥市は、腹の虫が収まらないのか、十手を振り回したり肩を叩いたりと忙しい。

「そんなことができるなら、あっしは歩いている奴を摑まえて、東両国の見せ物小屋に売り飛ばしてまさぁ」

　東両国には、丹波《たんば》の山から下りてきた熊娘とか、信州の山奥で育った狼女など、いかがわしい見世物が並んでいる。ようするに、女が裸になって、真っ黒に体を塗り付けていたり、顔に化粧をして、それらしく見せているだけのものだ。

　それでも、江戸っ子は文句ひとつもいわずに、しゃれを楽しんでいる。

「まぁ、それはそれとして」

　話を変えようと千太郎が、懐手になる。

「話をそらすんですかい？」

　弥市は、ぎょろりと三白眼《さんぱくがん》を千太郎に向けた。

「お吉さん……」

　弥市の嫌味をまったく無視して、千太郎はお吉に訊いた。

「盗まれた花瓶は、奉公先からのもらい物だという話であったが」

「はい、そのとおりでございます」

「それ以前は、誰が持っていたのか、知っておるかな」

「たしか御家人《ごけにん》さんが持っていたものを、旦那さまが買い取ったと聞いたことがあります」

「御家人？」

「元は商人だったようですが、御家人株を買ったかたと聞いておりました」

「ほう、近頃はそのような株が売られておるのか」

「商家の次男、三男のかたなどが購入しているようでございます」

「なるほど」

御家人といっても、家康《いえやす》から家綱《いえつな》までの間に、留守居与力、同心などの職を勤めた子孫を譜代《ふだい》と呼び、同じように、家康から家綱までの間に、留守居同心を勤めた者の子孫は二半場《にはんば》と呼んだ。

そして、新規召し抱えとなった者を、抱席《かかえせき》と呼び、一代限りの身分であった。だが、本人が死去しても近親者が継承する場合が多かった。

株を売り買いするのは、この抱席である。

貧乏な抱席の御家人には、裕福な者にその株を売る者がいるのだ。そして養子にする。

お吉の話もその抱席の御家人のことなのである。

「名前は知っておるか」

「はい……確か、山之内主膳《やまのうちしゆぜん》とかいいました」

「商家から御家人になった者にしては偉そうだ」

千太郎の言葉に、お吉は微笑んだ。おそらく、武士になったのをきっかけに、改名したのだろう。

御家人株の売買の話に、由布姫は不愉快そうな顔つきだ。

そのことに千太郎も気がついているのだが、貧乏御家人は、そうでもしなければばたつきが成り立たないのだろう、と考えるしかない。

「雪さん、なにか聞きたいことはあるかな」

千太郎が目先を変えた。

「……その御家人の住まいはわかりますか？」

由布姫は、お吉に問う。

「はい、いまはどうかわかりませんが、当時は深川の三十三間堂近くにいると聞いたことがあります」

よし、といって千太郎は立ち上がる。

「ちょっと、待ってくだせぇ」

弥市が、にじり寄って、

「歩く花瓶の件はどうなったんです？」

「その御家人に会えばわかるかもしれぬ」

「どうしてです？」

「会ってみなければわからん」

「それは、あてずっぽうということですかい？」

「そうともいう」

しれっとして、千太郎は答えた。

四

深川は、掘割《ほりわり》の町だ。あちこちに、小さな掘割から水の音が聞こえてくる。

さらに、若い男たちの声が大きく、野卑な話し声が聞こえてくるのは、近所に、俗に深川七場所といわれる岡場所があるからだ。

前夜の戦果でも語り合っているのだろう。

由布姫は、そんな声もたいして気にしていないらしい。むしろ弥市が、雪さん、大丈夫ですかい、と気にして声をかけるほどだ。

「なに？　あぁ、さっきの岡場所がどうのこうのという内容ですね。そんなことで怯《ひる》んでいたら、江戸の町など歩けません」

「なるほど」

妙に納得した弥市は、感心しきりである。

「なにをそんなに感心しているのです」

「雪さんは、不思議な人です」

「あら、千太郎さんには負けますよ」

「ふたりとも、変だ」

「まぁ」

ようやく、弥市にも笑顔が戻った。

「ところで、千太郎の旦那」

「ふむ」

「例の歩く花瓶ですが」

「ふむ」

「……まぁ、花瓶だろうが茶瓶だろうが、歩くわけがねぇと思いますが、そいつと山之内とかいう御家人とは、どんな関わりがあると考えているんです？　旦那のことだから、お吉さんの前ではあんな答えをしましたが、きちんと答えはあるにちげぇねぇ、と睨んでますが」

「ほう、さすが近頃売り出し中の、江戸一番の親分さんだ」

「まぜっかえしちゃいけませんや」

三十三間堂で稽古をした帰りだろうか、少年たちが、弓を抱えて走り去っていく。

歩いている娘たちもどこか、元気だ。優雅な雰囲気に包まれている日本橋界隈とは少々違う雰囲気が、由布姫の目を楽しませている。

「このあたりは、人が元気ですねぇ」

「雪さんも元気ですよ」

弥市が、えへへと笑った。

「まぁ、機嫌が直ってよかったですねぇ」

「いや、直ったわけじゃありませんや。やめただけです」

「そのほうが親分らしくてすてきですよ」

「雪さんまでおだてちゃいけねぇ」

照れながらも、弥市はうれしそうだ。

「ところで、親分」

千太郎が足を止めた。いつの間にか、富岡八幡《とみがおかはちまん》の鳥居の前を通り過ぎ、三十三間堂の横に着いていた。

「へぇ、なんでしょう」

「ここかもしれぬ」

「山之内の家ですかい？」

表札が出ているわけではない。弥市は周囲を見回して、目に入った自身番に足を運んだ。すぐ出てきて、

「それのとなりが、山之内の家だったという話です。いまは引っ越してどこにいるのかは、知らないとのことでした」

指さしたのは、どこにでもある造りの家だった。

御家人だから、もちろん玄関のある家には住めない。後釜もやはり御家人だということだ。名を、志津川幸三郎《しづかわこうざぶろう》というらしい。

内儀と女の子がいるという町役《ちょうやく》の言葉だった、と弥市が告げる。

戸口前で、五歳くらいの女の子が、ひとりで石けりをして遊んでいた。

千太郎の目を感じて、由布姫がその子に声をかける。

そこの家の娘かと思ったが、違った。

聞くと、奥に入った長屋の子どもらしい。

由布姫は、以前、この家に住んでいた山之内という人のことを知っているか訊いた。

すると、おねぇちゃんがいた、と答えた。山之内には、娘がいたらしい。

苦労して聞き出したところ、その娘は、この家に住んでいた頃は、すでに十代半ばにはなっていたようだった。

いま、家には誰かいるか問うと、母親が寝ているという。どうやら、病らしい。父親は、どこかに行って留守だと答えた。

御家人の家は、苦労をしていると感じる。

「病人のところに行くのは気が引ける」

と千太郎は、弥市に目を送った。

「はぁ？　あ、自身番に行ってみやしょう」

町役がいるのなら、なにか聞き出すことができるだろう、という千太郎の表情だった。

自身番に弥市が入ると、町役が顔を上げて、不審そうな目をする。

「ちょっくら、教えてくれねぇかい」

「なんです？」

白髪頭の町役の髷が曲がっている。小粋な雰囲気を出そうとしているのだろう、と

弥市はふっと笑みを浮かべて、

「山之内という人のことなんだが」

「またかい」

「さっき一度聞いたが、もっと詳しいことを知りてぇと思ってな」

町役は、怪訝な目で弥市を見てから、まぁ、なんでもどうぞ、という顔をしてそばの火鉢にかけていた鉄瓶に手を伸ばした。

「じゃ、まぁ、茶でも。でがらしだが」

「ありがてぇ。体が冷え始めていたところだった」

町役は、後ろに立っている千太郎と由布姫を見て、

「こちらは？」

「あぁ、あっしは、弥市って者だが、手伝いをしてもらっているお侍だ。まぁ、たいしたことはねぇんだがな。ときどき、意見などを聞かせてもらってるんだ」

「へぇ。弥市親分といったら、山之宿のかい？」

「そうだが？」

「深川でも名前は聞こえてますよ」

「ほう、そうかい」

弥市は照れ笑いをしながら、わざとらしく首をかいたりと、うれしそうだ。

「山之内さんには、お世話になったからねぇ」

「どんな人だったい？」

「それは、いい人でしたよ。ただ、御家人というのは、どこでも貧乏なのかねぇ、あの人も傘貼りなどをやりながら、働いていましたよ」

「そうでしたかい」

「お嬢さんがいたそうだが」

「あぁ、巴《ともえ》さんだね」

「勇ましい名前だなぁ」

思わず、千太郎が口に出した。

「名前でそれがわかるんですかい？」

「なに、巴御前を思い出しただけで、他意はない」

巴御前は、木曽義仲《きそよしなか》の愛妾といわれる人物で、戦いに際して、派手な鎧《よろい》に身を包み、自ら鉢巻をして戦いに出ていたというので、知られる。

「だけどねぇ」

町役は、眉をひそめて、

「いまはどこにいるのやら」

「居場所はわからねぇのかい」

「巴さんどころか、山之内さんもどこにいるのか。なにしろ、お内儀が辻斬りにあって殺されてしまったんだ」

「まぁ！」

由布姫が叫び声を上げた。

「それは、また悲運な。下手人はあがったのですか？」

千太郎といい由布姫といい、どこか、このあたりにいる住人の雰囲気とは異なるふたりに、町役は少し背を伸ばして、

「いや、どこの誰にやられたのかも、まるでわからずじまいでしたよ」

「おかわいそう……」

本気で嘆く由布姫の態度に、町役の口はなめらかになったらしい。

「山之内さんと一緒に、ある日夜逃げ同然に消えてしまいました」

「それはいつ頃の話ですか？」

由布姫の声は沈んでいる。

「三年前のことになるかねぇ……」

そういったところに、豆腐売りの声が聞こえてきた。

「あの声を聞くと思い出しますよ。山之内の奥様が毎日、買ってましたからねぇ。なんでも豆腐は体を作るとかいって。あんな柔らかいものが体を作るものかねぇ、と思ってましたが」

腕組みをしたまま聞いていた千太郎は、じっと豆腐屋の売り声を聞いていたが、

「その奥方は、どこで斬られたのかな？」

「はい、森下町の近く、高橋《たかばし》の袂だったと思います」

「そこになにか用事があったのだろうか」

眉を寄せる千太郎に、由布姫が声をかける。

「どんな用があったのか、それを知る必要がありますね」

「ううむ」

腕を組んだまま、千太郎は別の言葉を吐いた。

「このあたりで、辻斬りは初めてか」

「そうですねぇ、この界隈にはありませんが。あぁ、そういえば、つい最近も、永代橋の筋でひとり斬られたという話を聞きましたが」

「山之内の内儀は、きれいであったか」

町役は、ふと由布姫を見て、

「そこのお嬢様くらいきれいでした。このあたりでは、知られた美しい人でしたよ」

なるほど、と千太郎は頷き続けている。

五

また豆腐屋の売り声が聞こえた。

「あの豆腐屋は、いつ頃からこの界隈を歩くようになったのだ」

「はて、どうでしたかねぇ。確か長い間、父親が回ってきてましたが。いまの息子に変わったのは、三年前ですかね。よく親子で売りに来てましたが、父親がおそらくその頃に亡くなったんでしょう。ちゃんと訊いたことはありませんが」

「豆腐屋は、森下町界隈まで回っているかな？」

「さぁ、どうでしょう。そこまでは知りません」

千太郎の目が弥市に向けられた。

「はん？　あぁ、はいはい」

身を翻《ひるがえ》して、弥市は自身番を飛び出した。

町役は、驚いて千太郎と由布姫の顔を見比べている。

「親分さんのほうが子分みたいでしょう」

笑う由布姫に、

「子分というよりは、ご家来衆に見えます」

町役は、真面目な顔で答えた。

しばらくして、弥市が戻ってきた。はぁはぁと白い息を吐き出しながら、

「森下町にも行くそうです」

「…………」

「あ、それと、山之内のお内儀のことはよく知ってました。可哀想なことをした、と。森下町には、なにか繕《つくろ》い物を届けに行ったのではないか、という話でしたが」

「ほう」

「どこに行ったのかまでは、知らないそうです。あ、一応、豆腐屋の塒《ねぐら》も訊いておきました。五百羅漢のそばで、亀戸《かめいど》村だということです」

千太郎は、弥市の言葉に頷いている。

「まったく、ツーといえばカーですねぇ」

感心した顔で、由布姫がいった。

「でも、ちょっと待ってください」

「どうした」

由布姫の顔が歪んでいる。

「さきほど森下町といいましたね」

町役に確かめた。

「それがなにか？」

「いえ……」

その顔を見て、千太郎だけが気がついた。森下町の近くには、田安家の下屋敷があるのだ。

「千太郎さん、弥市さん」

「はい」

「なんです？　雪さん」

「この下手人、きっとあげてください」

「どうしたんです、いきなり。山之内家に知り合いでも？」

「そうではありません。そうではありませんが……」

それ以上、本当のことをいうわけにはいかない。

「花瓶の独り歩きから、とんでもないことになってきたものだ」

わっはは、と千太郎は大笑いで、話を終わらせた。

自身番を出た三人は、森下町に行くことにした。山之内の奥方が、繕い物を届けていたとしたら、誰か知っている者がいるかもしれない、と考えたからだった。

森下町に行くには、永代橋に出て大川沿いを下る。

小名木川《おなぎがわ》に出て、西に進むと高橋だ。たかばし、と読む。太鼓になった形がやたら高いから高橋。

小名木川を渡って、すぐ北側が森下町だった。

このあたりは、武家屋敷が多い。森下町はほんの数町あるだけの小さな町だった。

弥市は、すぐ通りにある自身番に入って、山之内の奥方の八重《やえ》という名前を出した。

繕い物を届けるとしたら、自身番から見えているはずだ。

武家の内儀は町人とは髷なども異なるから、誰かが見ていたら覚えている見込みは高い。

自身番には、町役と書役のふたりがいて、書役が憶えていて、ときどきこの周辺を歩いているのを知っていた。

八重が届けていたのは、木戸原之助《きどげんのすけ》という、四百五十石取りの旗本だという。原之助のほかに内儀の富江《とみえ》がいる。子どもは生まれたばかりらしい。子育てに忙しいから、繕い物などは頼んでいるという話を聞いていたのだった。

弥市は、高橋の袂で斬られた女のことを訊くと、ふたりは憶えていた。

ほとんど一刀のもとに斬られていて、かなりの腕を持つ侍だろう、と検視の役人が話していたらしい。

「木戸という旗本はどんな役についているんだい」

「確か、剣術指南とか聞いたことがありますが」

「なにぃ？」

その話を聞いた瞬間、弥市は自身番を飛び出した。

「わかりました」

自身番から、弥市が勢い込んで出てきて、千太郎にいま聞いた話を告げる。

「いま、外で聞いていた」

「山之内の内儀を斬った辻斬りの正体です」

千太郎と由布姫は怪訝な顔をして弥市を見つめる。

「それは、また突然であるな」

「木戸という旗本に違いありません」

「なぜだね」

「嫁は近頃、子どもを産みました」

「それが？」

「女は子育てで忙しいでしょう」

「だからなんだね」

「旦那のことをないがしろにする機会が増えます」

「それが不満になると？」

「間違いありませんや。嫁が自分を向かなくなり、イライラする日が増えた。そんなところに、美しい女が出入りしているのを知る。つい横恋慕《よこれんぼ》をしてしまった……」

「ちょっと待ちなさいよ」

途中で、由布姫が異議を唱えようとしたが、千太郎が止めた。

「いや、なかなか面白い。続きを聞こう」

千太郎の言葉に弥市は、さらに勢いづいた。

「そこで、ちょっかいを出そうとしたが、八重さんは、夫のある身。そんな誘いには乗るわけがない。そこで、木戸原之助は、思いどおりにならねぇ、とばかりに、ばっさりと……」

見栄を切って、弥市は千太郎にどうだ、という顔を向けた。

「わははは。親分は芝居でも書けそうだ」

「そうですかねぇ」

まんざらでもなさそうに、十手をしごいた。

「だけど、それには大きな穴があるなぁ」

「へぇ？　さいですかねぇ」

「第一、そんな話では、客が満足せぬぞ」

「どうしてです？」

「辻斬りが起きたら、周辺を役人たちは徹底的に調べるであろう？」

「まぁ、そうでしょうねぇ」

「そこで、木戸という旗本が剣術指南をしているというのは、すぐ耳に入るはずであろう？」

「確かに……」

「ならば、役人は調べるはずだ。もし木戸原之助という旗本が辻斬りだとしたら、すぐ捕縛されていることであろうよ」

「ですが、そのあたりになにか裏があって……」

「ないな」

「そんな、あっさりと却下ですかい」

「もう一度初めから書きなおしたほうがよいな」

「ううむ」

悔しそうに、十手で肩をトントンと叩き続けている姿を見て、由布姫も、

「残念でしたねぇ。でも、弥市親分の考えは、どこか当たっていると思います」

「え？　雪さんはそう思いますかい？」

「ただ、短絡だったということでしょうねぇ」

「ち……少しも褒めていねぇ」

千太郎と由布姫は笑い続けていたが、

「でも、辻斬りと花瓶の独り歩きとはあまり関わりがあるとは思えませんが？」

由布姫が、千太郎に問う。

「縦糸と横糸が繋がればいいのだがな。その縦と横を繋ぐものを見つけなければいかぬのだが……」

「この森下町に来たのは、木戸原之助に会うためではなかったのですか」

「……そうなのだが」

「では、そのお内儀に話を聞いたほうがいいのでは？」

「いや、もうよい」

「これで終わりですか？」

「あまり、このあたりには長居は無用ではないかな？」

由布姫は、鼻の頭に皺を寄せて、

「確かに……」

周囲を見回す。すぐ田安家の下屋敷が見えるわけではないが、誰かに見つからないとも限らない。こんなところで姿を見られたら、必ず、飯田町の屋敷に注進が走られてしまう。そんなことになると、面倒だ。

「では、さっさとここから離れましょう」

いうと同時に、由布姫は森下町から離れ始めた。

六

千太郎と由布姫は、森下町を離れたが、弥市は途中でふたりから離れていった。

由布姫は、呼び止めようとしたが、千太郎は放っておけ、と笑った。

「どこに行くんでしょう？」

「木戸のところに戻って、自分の推量をなんとか本当のことにしようとするんであろうよ」

「でも、それは、間違いなのでしょう？」

「そうだが、まぁ、ほかになにか新しい目星でも見つけてきたら、それはそれでまた楽しいではないか」

「奥方に詰め寄ったりしたら困りますよ」

「あの親分なら、大丈夫だ」

「信頼しているのですね」

「相棒だからな」

「まぁ、それはまた親分が聞いたら喜びましょう」

そういいながらも、どこかうらやましそうな由布姫に、千太郎はにんまりしながら、

「雪さんは、相棒以上の人です」

「うまいことをいっても、その手にはひっかかりませぬ」

「おや、町娘の言葉遣いが消えました」

あっと手を口に当てて、周囲を見回す。

「森下町からは、離れたから心配はいらぬ」

「千太郎さんだって、武家言葉に」

「私は、侍を隠しているわけではないぞ」

千太郎は顔を雪こと由布姫に近づけた。

いま、ふたりは森下町から大川に向かっている。目の前に、新大橋が迫っていた。

冬の川風がふたりの頬を切るように、通り抜けた。

思わず、由布姫は手を頰に当てて、冷たい、と呟いた。

「では、こうして……」

両手を出して、千太郎が由布姫の頰を包んだ。

「暖かい手ですねぇ」

「心も負けぬほど暖かいぞ」

新大橋から降りてくる通行人が、なにをやっているのだ、という目つきで横目で通りすぎていく。

それに気がついた由布姫は、あっと小さく声を上げて、千太郎の手をそっと離した。

「このような人が通る面前で……困ります」

「ならば、あそこに隠れようか」

千太郎が指さした先には、おおきな天水桶があった。その後ろなら確かに人の目からのがれることができるかもしれない。

「まさか……」

由布姫は、顔を染めた。

「そんなことより、これからどこへ？」

「もう一度、お吉さんと会ってみようと思ってな」

「なにか疑問でもあるのですか？」

「疑問だらけではないか。だいたい、花瓶が歩くわけがない。それにあの唐物という代物はあまりにもひどい出来だ。そんなものを旗本が持っているわけがあるまい？」

「でも、奉公先からいただいた、とお吉さんはいっていたのでしたね」

「……そこからして怪しい」

「どうしてです？」

「それを確かめるのだ」

「また、ひとり合点ですか？」

その質問には答えず千太郎は、にやりと返しただけであった。

千太郎と由布姫がまた来たことを知り、お吉の目はなんとなく泳いでいる。手が落ち着かずに、膝を撫でたり、畳の目をなぞったりしている。もちろん意識しているわけではない。不安なのだろう、と千太郎は見ていた。

「どうしたのかな？」

「なにがでしょう」

「落ち着かないようだが」

「お店のほうが忙しいのです。できましたら、お話は早めに切り上げていただいたらありがたいのですが」

「それは、お吉さんの返答次第だなぁ」

「…………」

千太郎は、しばらく無言を通した。黙ったほうが相手に圧力を与えると知っているからだ。由布姫も、余計な言葉は発せずに、千太郎に同調していた。

「あのぉ……」

焦《じ》れてしまったのだろう、お吉が先に声を出しながら、眉をひそめる。

「…………」

それでも、千太郎は言葉を出さず、目でどうした、と問うだけだった。

「黙っていられては、私も困ります」

若く、美しい顔がかすかに歪んで、目元に皺ができる。

「そろそろ本当のことをいってもらおうか」

のんびりした千太郎の声音《こわね》だが、有無を言わさぬ響きがあった。

「……どういうことなのか、私にはわかりかねます」

「では、問う……」

お吉の膝がかすかに動いた。気持ちが逃げに入っていると千太郎は見た。ここが押しどころだ。

「武家奉公をしていた、という話だが」

「はい……」

「そちらの家について、まだはっきりしたことは聞いてなかったと思うが」

「それは……あちらさまに迷惑がかかると思いまして……」

「気を使ったと申すか」

「そのとおりでございます」

「なるほど、では、さらに問う」

お吉の体が揺れる。

「片岡屋を出たところで、誰かに花瓶を奪われた、という話であったが」

「間違いありません」

「相手は、どんな顔をしていたか覚えてるであろう」

「ですから、あのときにお話ししましたが、若い男でした。細身で、すばしっこい動きで」

「なるほど。だがあの後、誰もそのような揉め事が起きたという話はしておらぬのだが、これをどう取る」

「それは、あっという間でしたから、よそのかたは見ていなかったでしょう」

「……なるほど。それならそうしておこう」

そこで、また千太郎は黙った。

その場に気まずい空気が流れる。

由布姫は、千太郎のいいたいことが、なんとなくわかりかけてきた。

お吉が持ってきた唐物というふれこみの花瓶は、まっかな偽物だった。千太郎にいわせると、それは最初から知っていて、持ってきたのではないか、という。

さらに、花瓶は家宝で奉公していた主人から下げ渡された、という話も嘘だという。

わからぬのは、お吉がそんな嘘の上塗りをした理由だ。

その疑問は、次の千太郎の言葉で氷解することになった。

「私の腰を上げさせようという画策だったのだな？」

お吉は、それまで伏せ気味だった目をはっと開いた。

「どうやら、図星だったらしい」

「いえ……けっしてそのような」

「もうよい。私を買ってくれたのはよいが、ちと策に溺れたのぉ」

「はい？　それはどういうことでございましょう？」

「花瓶が独り歩きをしたり、屋根の上に誰かがいて、こちらに姿を見せたり……それが余計であった、と申しておる」

「………」

「雪さん……ちと頼みがあるのだが」

体を由布姫に向けて、そばに来るように呼んだ。由布姫は、怪訝な目つきのまま、千太郎のそばに行く。

「耳を貸してほしい」

千太郎は、由布姫の耳元でなにやら、囁いた。

「はい、わかりました……」

すうっと立ち上がって、由布姫は座敷から出ていった。

「あの……雪さまはどこへ？」

「なに、ちとその辺をな、散歩してもらっているのだ」

「ご冗談を」

ふっと笑みを浮かべたが、お吉の顔はそれほど笑ってはいない。目を細めて、むしろ不安にかられているように見える。

しばらくして、若い手代のような男が由布姫に連れられて座敷に入ってきた。

「松造《まつぞう》！　どうしてここへ来たのです」

松造と呼ばれた若い男は、肩を縮こまらせて、困った目をお吉に向けた。少々、太り気味な体がどこか滑稽だ。

その目を見て、お吉は、あぁとため息をついた。体から力が抜けて、どこか観念したように見える。

松造は目を伏せて、お吉の顔をまともに見られないらしい。

「私はなにもいってません」

言い訳をするように、松造が呟いた。半身でいるのは、隙があればここから逃げたい、と思っている証しだろう。

「松造とやら、まぁ、そこに座って……」

はい、と答えたが、なかなか座ろうとしない。お吉の言葉を待ってる様子だ。

「座りなさい」

声をかけられて、ようやく松造が座った。

「この男が、例の花瓶を奪ったのだな」

「……まさか、あのときの乱暴者は、細身ですばしっこい人でした」

「わっはは。そうそう、それ。それが、いかぬ。顔を見ぬ、どんな相手かもよくわからなかった、といいながら、細身ですばしっこいと答える。これはどのように解釈したらよいのかな?」

「それは……ただ、細い体つきだったということだけを覚えている、という意味でございます」

「人は、一瞬のことをそのように、しっかりとは覚えてはおらぬものだ」

「しかし」

「私は、さっき雪さんに、細身とまったく反対の使用人がおらぬかどうか、探してきてもらったのだよ」

「……それはまた、どうして」

「簡単なことだ。あの花瓶が奪われたというのが、狂言だとしたら、まったく逆のことをいうだろうとな、まぁ、そう推量しただけのことだが、どうやら、的中していたらしい」

はぁ、とお吉は大きく声を吐き出した。

「さて……本当のことをいってもらおうか」

七

お吉の顔は真っ白になっている。

お吉は混乱しているようであった。思わず松造の顔を見つめ、次に千太郎を見た。

答えはなかなか出なかったらしい。

「早く楽になったほうがいいと思うがな」

千太郎が促した。といって別段、脅しているわけではない。お吉の気持ちを和らげようとしているのだった。

その気持ちがわかったのだろう、お吉は、ふぅとため息をついてから、

「では、お聞きください」

と、覚悟を決めた表情になって、千太郎と由布姫に目を向けた。きりりとした、いい顔だ、と思わず千太郎は呟いてしまったほどである。

「別に悪いことをしたとは思っておりません」

「それは、わかっておる。だが、真《まこと》のことを教えてもらわねば、こちらも先には進めぬぞ」

千太郎は静かな応対をしている。追及しているという語調ではない。

そのことにお吉も気がついているのだろう、膝を一度揃えて、

「申し訳ございません。確かに、あなた様を引き出そうと思っておりました」

「花瓶を歩かせたり、屋根に人を歩かせるなど、面倒なことをしたのはなぜだ」

「それは……千太郎さまに探索を頼むのは、大変だ、と聞いたからでございます」

「はて……誰にそんなことを？」

「片岡屋さまは、以前はけっこう強引なおかたと聞いておりました」

「ふむ。あの顔だからなぁ。そう思われても仕方があるまい」

千太郎は、由布姫を見て頷きあっている。

「そんな主人に務めるかたです。同じように気難しいのではないか、と感じておりま

した。それでも鑑定は確かだとも。もしそうならば、必ず、あの花瓶は偽物と見破られます」

「ふむ」

「そのおかたは、大層、探索上手。持ち込まれたものに、因縁があるとそれを調べようとする気性をお持ちという噂もお聞きしておりました」

「はてなぁ。どこからそのような噂が持ち上がっているものやら」

苦笑しながら、懐手になった。

「人の噂に戸は立てられません。とにかく、このあたりの噂でございます」

「なるほど、反論しても仕方がない、ということか」

小さく頷いて、お吉は由布姫を見た。

「こちらのおかたについても、噂がありますよ」

「え？　それはどんな？」

慌てて由布姫は、お吉と千太郎、交互に目を向けた。まさか、自分の正体がばれたわけではないだろうが、目が泳いでいる。

「千太郎さまの、許嫁とか」

「あら、そんな噂が出ているのですか？　誰がそんなでたらめを」

「でたらめなのですか？」

まっすぐ見られて、由布姫は呼吸が大きくなった。

「そんなところまでは、まだ進んでいません」

「あら、そうでございましたか。じつは、いまのは私の勝手な憶測でございました。失礼いたしました。それだけ、おふたりの佇まいはよく似ておりますので……」

おほほ、と手を口に当てて笑うお吉に、由布姫はあしらわれた気分がする。だけど、悪い心地ではない。千太郎との仲が認められたようなものだからだった。

「失礼いたしました」

お吉はていねいにお辞儀をした。その仕種だけでも、武家奉公は真《まこと》のことだと感じられる。

「お吉さんと、山之内家とはどんな間柄なのだ」

「それもばれておりましたか……。山之内主膳さんは、御家人の株を買いました。それまでは、私が懇意にしていた、お店の次男のかたでした」

「ははぁ……例の花瓶がひとり歩きをしている、と噂を流したあのお店《たな》だな」

「はい」

「これで読めた」

千太郎は、にんまりする。

「おそらく、そうだろうとは推量していたが、確信があったわけではなかったのだ」

こういうことだな、と千太郎は、話を継いでいく。

山之内主膳とお吉は、店同士で付き合いがあった。山之内が御家人株を買ってからも、付き合いは続いていたのだろう。

太物屋の内儀と繕い物上手の女房・八重。そこでも付き合いは続いたことと考えられる。

せっかく株を買ったところが、抱席の御家人は貧乏である。そのまま崩れて浪人になる者は多い。だが、八重は繕い物で家計を支えていた。

ところが、八重は繕い物を届けた先の森下町で辻斬りにあってしまった。

下手人はあがらない。なんとか山之内の無念を晴らしたい。

そこで、白羽の矢を立てたのが、山下にある片岡屋の、ぼんやり目利き……。

「つまり、私だな」

にやりとしながら、千太郎はお吉に顔を向けた。

お吉は、やはりにこりと笑みを浮かべた。それが答えなのだ。

「花瓶が独り歩きしているなどと、噂を流したのは興味を持たせるためですね。それを目で見せるために、花瓶の動いた跡をつけた……」

由布姫が訊いた。

「そんなところだな」

お吉は、はいと小さく頷く。

由布姫も、頷いている。

松造は、仏頂面をしたまま、座っていた。それを見て、千太郎は、もう戻っていいぞ、と表に帰らせた。と、すぐ戻ってきて、

「弥市親分が、千太郎さんと雪さんがこちらに来ていないかと訪ねてきましたが、どうしましょうか?」

お吉に訊いたのだが、

「すぐ、こちらへ」

千太郎が先に答えてしまった。

松造は、一度お吉の顔を見て、頷いているのを確認してから、体を翻した。

すぐ、弥市がやってきた。

「やはりここでしたか」

「よく、気がついたな」

「まぁ、一応ね。あっしは千太郎さんの考えは手に取るようにわかるんですぜ」

「ほう初めて聞いた」

「そんなことより……ちと、お耳を」

にじりよって、千太郎の耳元でなにやら囁いている。お吉には聞かれたくないのだろう。

じっと聞いていた千太郎は、しだいに顔つきが変化していく。

「なんだって？　木戸さんは町人にも稽古をつけているのか？」

声を上げてしまっては、囁いた意味がない。弥市は苦笑いしながら、

「そうらしいです。侍が斬ったとは、限らなくなり、これで、ますます難しくなりました」

「待て待て……親分、ちと耳をかせ」

今度は、千太郎が耳打ちをする番だった。

「はぁ、まぁすぐ訊いてきますが、どうしてそんなことが気になるんです？」

「私の考えはすべてお見通しなのであろう？」

弥市は、すぐ立ち上がって、すっ飛んでいった。

それから半刻の間、千太郎はひと言も喋らずにいた。

由布姫は、仕方なくお吉と世間話を続けるしかない。女同士、そこは着物の話から、正月の料理の話など、あっという間に半刻は過ぎていた。

弥市が戻ってきて、また耳打ちをする。

千太郎の顔に厳しさが戻った。

「お吉さん、八重さんを斬った相手がわかりました」

「え？　それは誰です」

「それに答える前に、お訊きしたいことがありますが」

「なんなりと」

「このあたりにも、亀戸村から来るという豆腐屋は回ってきますか？」

「いつも、同じような刻限に来ます。毎日、回る場所が決まっていますからね。それで刻限がわかるほどですよ」

「その刻限とは？」

「酉《とり》の下刻です」

「親分、いまは何刻だ」

「あと半刻で、酉の下刻……」

「弥市親分、また手柄が増えるぞ」

千太郎は、横に置いていた刀を摑んで立ち上がり、お吉に告げた。

由布姫が、ちょっと待ってください、と千太郎を止めて、謎解きをしろと迫った。

「辻斬りは、豆腐屋なのですか？」

「……豆腐屋は、木戸原之助から剣術を習っていた。町人のわりには、筋はよかったそうですぜ」

弥市が答える。

「さっき弥市親分には、豆腐屋が剣術を習っているかどうかを確かめに行かせたのですね」

「ご明察」

「おだてはいりません。いつから、豆腐屋に目をつけていたのです？」

「いや、ついさっきだ。親分が、木戸原之助が教えているのは、侍だけではない、と聞き込んできた。それで、はた、と気がついた。豆腐屋は、山之内が住んでいるあたりも回っていた。また、八重さんが届けていた森下町にも声が響いていた」

「でも、それだけで豆腐屋が怪しいということにはならないでしょう」

「辻斬りは侍だと決めつけていたから見つからなかったのだ。だとしたら、侍ではない、と考えてみた。すると、豆腐屋が一番、八重さんに近いところにいる。これは、怪しいと睨んだ。まぁ、そういうことです」

八

半刻が過ぎようとしている。

冬の空は、暮れるのが早い。夏の半刻より短いのだ。

弥市は、十手に磨きをかけるように、しごきながら、空を見上げている。陽の傾きを見ているのだ。そろそろ、酉の下刻だろう。

しかし、豆腐屋はどうして辻斬りなどを？　由布姫は得心がいかぬようである。それを見て、弥市が話しかけた。

ここは、お吉の店ではない。通りに出て表が見える茶屋に座っているのだ。

周りには、娘や人足らしき男たちが座っている。侍もいる。おかげで、千太郎たちが座っていても、目立たない。

豆腐を食べている客もいる。それは、例の豆腐屋から買ったものだろう。

「雪さん、どうして豆腐屋が辻斬りなどをしたのか、と思ってますね？」

「揉め事があったとは聞いていませんからねぇ」

「男って奴は、面倒なのでさぁ」

「はて、どういうことです？」

「一度、惚れてしまうと後先が見えなくなる野郎がいるんです」

「豆腐屋が？　八重さんに懸想《けそう》をしたと」

「懸想をして、相手になってくれないので、消そうとしてしまった、まぁ、そんなところでしょう」

「おかしな駄洒落は不謹慎です」

雪の顔が曇ったのを見て、弥市は、あいすんません、と頭を下げる。

「そろそろ豆腐屋が来る時刻だ……」

弥市の呟きに千太郎が頷き返した。

「野郎来ますかね」

「棒手振《ぼてふ》りは、信用が第一だから必ず来る」

千太郎は断言した。弥市が確かに、と得心のいった表情をする。

陽が傾いて、少し影も延びたようだ。

遠くから豆腐売りの声が聞こえてきた。三人の顔に緊張が走る。さすがに千太郎も、大きく息を吐いた。

と、豆腐売りの後ろから、侍が走って追いかけてくる。

「あれは誰か？」

由布姫も弥市も首を捻っている。黒羽二重に分厚い袖無し羽織を着ているところから、

「あれは木戸とかいう、剣術の先生ではありませんか？」

由布姫が、千太郎に告げた。

おう、これはいかぬ、と千太郎は叫んで、茶屋から飛び出した。足をけたてて、木戸と思える侍の前まで、駆け抜けた。

驚いて、由布姫と弥市も続いた。

侍の前まで行くと、千太郎はいきなり、声をかけた。

「いかぬぞ。師弟で斬り合いなど許さぬ」

突然、前に飛び出してきた千太郎に、侍は面食らっている。

これは失礼いたした、と千太郎は名乗った。もちろん、身分は隠したままである。

すると、侍も居住まいを正して、木戸原之助と、名乗った。やはり、由布姫の眼力

は、間違ってはいなかったらしい。

木戸は、千太郎の立姿に目を細めた。なにかを感じたらしい。態度を改めると、

「あなた様は、どのようなおかたでしょう？」

「なに、ただの骨董屋です」

「はて、商人には見えませぬが」

「へたな目利きのほうでな。店には、損ばかりさせておるのだ」

屈託なく笑みを浮かべる千太郎に、原之助はなんとなく、畏《かしこ》まった態度をとって、

「ひとかどの人物に見えますが……」

かすかに首を傾げた。

すると、そこに横を豆腐売りが、頭を下げながら通り抜けていった。

原之助の顔が、厳しくなった。千太郎の先ほどの言葉が蘇ったらしい。

「動かずに」

千太郎にいわれて、原之助は頷いた。

由布姫が豆腐売りを呼んで豆腐を買おうとしていた。弥市は、ふたりから離れて立っている。

そこに千太郎が静かに近づいた。豆腐売りは、にこやかに千太郎を見た。客と考え

たらしい。だが、すぐ顔が強張った。

千太郎の言葉が、そうさせたのだ。

「辻斬りは、お前だな」

一瞬の間に、顔が赤くなった。文句をいおうとしたらしい。だが、原之助の顔を見て、豆腐売りは皮肉な顔をする。

「これは、まいったなぁ」

突然、ふてぶてしい顔つきに変化したのだ。

「いつかは、ばれるとは思っていたのだが、遅かったぜ。役人もたいしたことはねぇな」

「人妻に横恋慕をしたのか」

千太郎が訊いた。

「そんなところですかね」

豆腐屋は、悪びれずに答えた。由布姫は、嫌悪感を見せる。

「豆腐屋、お前の名はなんだ」

「ふん、どうだっていいようなものだが、練次《れんじ》だ」

「練ちゃんか。まぁ、連続で辻斬りをやったわけではなさそうだが」

「旦那、そんなことはありませんや。この前も永代橋で人が斬られました」

弥市は、それも同じ手口だという。

「首を斬ってから、心《しん》の臓に止《とど》めは、同じです。斬られたのも人妻です」

「獣ですね」

由布姫が、呟いた。できれば自分で倒したい、という目つきで練次を睨んでいる。

そんな由布姫を、練次がにやけた顔でじっと見ていると、

「おやぁ？　その顔はどこかで見たことがあるような気がするぞ」

怪訝な顔をした。

森下町の下屋敷で見られたのかもしれない、と由布姫は首をすくめた。下屋敷に顔を出すこともある。そのときに見られたという場合も、あるかもしれない。

由布姫は、後ろを向いた。

「まぁ、いいだろう。それにしても、あんた態度が偉そうだな」

練次が千太郎に向けた言葉だ。

「そうであるかな」

「ほら、そのそっくり返った姿勢がいけませんや」

さようであるか、と千太郎はさらに、そっくり返って、懐手になった。弥市が大口

を開けて笑い、由布姫は振り返って、口元に手を当てた。

だが、そんな柔らかな対応は、そこまでだった。いきなり練次が、天秤棒を持って、打ちかかってきたのだ。

おっと、といいながら千太郎は、数歩横に飛んだ。

その素早い動きを見て、練次は一瞬、天秤棒の動きを止めた。簡単にやっつけることができる、と思っていたようだが、思いの外《ほか》、千太郎の動きに無駄がないのを見て、肩に力が入った。

それまで自信満々に見えた棒の持ち方にも、見る者が見たら、迷いが生まれたと感じるだろう。

看破したのは、由布姫である。

「これで、勝負はありましたね」

その呟きに、弥市は首を傾げるが、千太郎が負けるとは思っていないのだろう、

「まぁ、初めから決まっているようなものですから」

持ち出している十手も使いどころがない、とぶらぶら揺らせているだけだった。

練次は、千太郎から一間ほど離れて、肩を上下させていた。

「それでは、私には勝てないぞ」

「やかましい。お前は誰だい！」

「だから、ただの書画骨董、刀剣などの目利きだ、というておる」

「ち。そんな生やさしい野郎じゃなさそうだが、まぁいい。どうせなら、俺を斬れるかどうか、やってみな！」

最後の言葉が発せられたと同時に、千太郎は動いた。

叫んだ瞬間に、全身から力が抜けると知っているからだった。その間は、勝負の分かれ目となる。

ささっと練次の前に千太郎の体が進んでいく。

練次もそれほどぼんやりしているわけではなかった。最後の言葉を叫んだ瞬間に、数歩下がっていたのだ。

しかし、その安心感が墓穴を掘ることになった。

「なに！」

千太郎は、練次が初めから後ろに下がると、読んでいたのだ。前に進んだとき、最後の一歩がぐんと伸びたのである。

抜き打ちに、千太郎の切っ先が練次の腕を薙《な》いだ。

練次は天秤棒を持ち続けることができなくなった。どんとその場に落として、周囲を見回す。

いつの間にか、周りには弥次馬が集まっていたのである。

「豆腐屋はだまって一丁、二丁と豆腐を斬っておればよいものを、人など斬るからこのようなことになる」

千太郎の威厳ある言葉が、野次馬の喧騒を鎮《しず》めた。

腕を抑えている練次の前まで弥市が進み出て、縄を打ちながら、

「こら！ ここは東両国じゃねぇぞ！」

見世物ではない、と叫んだのだ。野次馬たちがぞろぞろその場から消えていく。集まりかけた群衆は、ばらけていく。ぐずぐずしている者は、弥市に十手を突き出されて、首をすくめて逃げていった。

練次は、ふてくされた表情をしながら、腰縄を打たれて弥市を睨んだ。

「なんでぇ、その顔は」

「ふん、おめぇさんが、近頃評判の山之宿の親分さんかい、と思ってな」

「文句があるのか」

「もっと、きりっとしたいい男かと思っていたぜ」

「やかましいやい！」

十手が、練次の肩を叩いた。

遠くで戦いを見守っていた、木戸原之助が千太郎のそばに寄った。

「お手並み、お見事でした」

「いやいや、相手がしょぼかったから」

「それは違います。練次の腕は我が道場でもかなりのものでした。それをあっさり片付けるとは……して、おぬしのそのたたずまいはただの目利きとは思えぬのですが」

「いやいや、そんなことはない。ただの目利きです。それより、どうして練次を追ってきたのです。あのときの顔は切羽つまっておりましたな」

「……じつは、私のところに、ご用聞きと不思議な侍が訪ねてきた。そして、弟子のなかに町人はいるか、豆腐屋はいないかと訊かれたと知り、やはりあのときの辻斬りは練次であったのか、間違いではないのか、と追及しようと思い……」

「それで練次を追いかけてきた」

「はい……」

じっと千太郎を見つめていた原之助だったが、静かに頭を下げて、

「いずれ名のあるおかたとお見受けいたした。そのうち、是非、一手ご指南を」

「いやいや、まさか、そんな腕はない」

そういうと、千太郎はすたこらとそこから逃げ出した。由布姫も慌てて、後を追った。

原之助から逃れた千太郎と由布姫。目の前には日本橋川が流れている。空を見上げると、少し荒れ模様の雲が流れていた。葭簀《よしず》張りの露店のなかには、雨か雪を予測したのか、忙しく畳みだしたところもある。

道端の木々の葉も少し揺れ始めていた。

「雨がきそうですよ」

手庇《てびさし》を使いながら、由布姫が空を見上げている。

「ふむ」

千太郎には、辻斬りを捕縛したという緊張感はまったくない。

「どうやら、弥市親分はかなり名うてになったようですねぇ」

「人柄であろう」

「あら、千太郎さんや私たちが後ろ盾になっているからですよ」

「なに、それはいいのだ」

「どうしてです？」

「相棒だからな」

ふふふ、と千太郎は含み笑いをする。

「山之内主膳という御家人や、巴さんという娘さんはどこに行ったのでしょう。八重さんが斬られて、姿を消したそうですが」

「なに、いずれ実家にでも戻っているのであろうよ。御家人になったはいいが、暮しは苦しい。妻は殺された。侍など続けても仕方ない、と考えたはずだ」

「そう考えると、侍は身分で左右されますねぇ」

「身分の低い家臣もいるということを、考えねばいかぬな」

「はい……」

ふたりの頭のなかには、将来の御家のことが浮かんでいるのだった。

「ところで、盗まれたという花瓶はどこにいったのでしょう」

「お吉さんに割られてしまったであろうなぁ」

わはっは、と千太郎は大笑いをする。

釣られて、由布姫も笑いをもらそうとしたとき、どん、と誰かと衝突した。

「おやぁ？　あ、千太郎の親分！」

「私は親分ではない」

顔を見ると、弥市が下っ引きのよう使っている徳之助《とくのすけ》であった。例によって、女ものではないかと思えるほど派手な色合いの着物に、厚手のどてらを羽織り、襟巻きを巻いている。風を遮ろうというのだろう、口元まで隠しているから、すぐ気がつかなかったのだ。

「どうした、そんなに慌てて」

徳之助は、千太郎の袖を摑んで、路地に引っ張り込んだ。

「いいところで会った。お願いがあります」

「なんだね」

「ある贋絵のために、あっしの命が危ねぇんで……一見、狩野派とやらの絵なんですがね、千太郎さんが持っていると聞きましたが……」

曇った空から、ちらちらと小雪が舞いだして、徳之助の額に落ちた……。

第二話　偽女と贋絵

一

上野山下の片岡屋には、重苦しい空気が流れていた。

集まっているのは、千太郎のほかに山之宿の親分こと、ご用聞きの弥市。

それに、徳之助が青い顔をして神妙に座っている。肩を突っ張っているのは、困ったという姿だろう。

凧《たこ》が空を泳いでいる景色に一度目を向けてから、千太郎は持っていた絵をぽんと畳に放り投げた。

「じつに良く出来ている」

苦々《にがにが》しい表情で、千太郎が懐手になる。

「千太郎の旦那でも、見分けがつかねぇとは、相当な腕ですね」

弥市が顔をしかめて、徳之助を見た。

「面倒なことをしでかしやがったもんだぜ」

「すんません……」

体を縮めて、徳之助は本当に申し訳なさそうに頭を下げた。

徳之助の話をまとめると、次のようなことであった。

徳之助は、自他ともに認める女たらしである。まともな職業にはつかずとも、女を騙《だま》して生きているような、世間から見たら、鼻つまみ者だ。

だけど不思議なことに、いままで一度として騙した女たちに恨まれたことはない。

むしろ、喜んで騙されている節《ふし》もあるから、ある意味それも才といえるだろう。

そんな徳之助も、今度ばかりは女に嵌《は》められたのかもしれないから、本人としては、やりきれない。

相手は神田明神下の、川中島長屋《かわなかじまながや》に住む。お定《さだ》という女だ。

川中島とは、またおかしな呼び名である。なんでも溝板《どぶいた》を挟んだ連中が、角《つの》を突き合わせているところから、そんな名が付いたという。

そのお定が働いているのは、神田明神のそばにある沢屋《さわや》という団子屋だった。

たまたま、徳之助がほかの女と神田明神に参拝に上がった。そのとき、徳之助は不届きにも、お定に色目を使ったというのだ。

呆れた話だが徳之助にしてみたら、

「いい女がいたら、当然のことでしょう」

ということになる。

悪びれずに語る徳之助には、誰も文句をいう気もない。問題は、そのお定がどうして、徳之助を嵌めることになったのか、だ。

色目を使われたお定は、これは、カモになると踏んだのだろう。つまりは、お定は男を喰って生活をする女なのだ、と弥市は決めつける。

いままで、そんな女には出会ったことのない徳之助である。まさか、お定が詐欺を働くとは、夢にも思いはしなかった。

ところが、世のなかは広い。

男を食い物にする女は、確かにいたのである。

「お前が引っかかるとは皮肉な話だぜ」

「いや、話をしてみると、根っからの悪《わる》には見えねぇですよ。その証拠に子どもたちには、団子をおまけするようなところもありましたからねぇ。悪い女はそんなことはしねぇ。それに、子ども好きに、悪性の女はいませんや」

弥市は、薄ら笑いをしながらも半分馬鹿にしている。

仕掛けは、売れそうな絵があるのだけれども、どこにどうやって持ち込んだらいいのかわからない、と徳之助に相談をしたところから始まった。

鼻の下を伸ばした徳之助は、山下にある片岡屋という店を訪ねたらいいと、教えたのだった

そこならきちんと鑑定をしてくれるし間違いがない、と伝えた。しかもごていねいに千太郎の名前まで出した、というのである。

つまり千太郎が観ていた絵は、徳之助が紹介した女が持ち込んだものだったのである。

しかし、それだけなら別段、問題にはならない。まだ、千太郎はその絵を買ったわけではないのだ。

ところが、その絵は一枚ではなかったのである。その贋作に対する腕は、凄まじい、と千太郎も舌を巻くほどだ。

問題は、その贋絵を、お定が誰に描かせたかだろう。

徳之助がいま一番困っているのは、その贋絵を売ったのは、徳之助だと、お定が言

いふらしていることだった。

売り付けておいて、あとで、それは贋絵だったと買い手にばらしたのである。ばらすことで、礼金をもらった。二重に金を取ったのだ。

だが、今度はその話も嘘だと、別の仲間が伝えたから、話はとんでもない先までいってしまった。

それらは、すべて徳之助が計画したことだと、お定の仲間は贋絵の買い手に吹き込んだ。

怒り心頭の買い手は、殺し屋を雇って徳之助の命を狙っているというのである。

「女絡みは、面倒だぜ」

弥市は十手を、ひらひらさせながら、徳之助を睨んだ。

「その買い手は誰なのだ」

千太郎の問いに、徳之助は肩を揉むような仕種をしながら、

「これが悪いことに、湯島の元吉《げんきち》という金貸しです」

「どんな男なのだ」

「あこぎな奴です。手下にごろつきを雇ってましてね、それもたちの悪い野郎ばかりでさぁ」

弥市が、吐き捨てるようにいった。

「そのかわり、千両箱が金蔵に唸っているという話です」

それをもらいましょう、と徳之助は舌なめずりでもしそうになる。

「馬鹿やろう！　てめぇがどじを踏むからこんなことになったんじゃねぇか。少しは、まじめになりやがれ」

十手を振り回して、徳之助をどやしつける。

へぇと、徳之助は頭を下げたが、心底からという趣《おもむき》ではない。

弥市は、ちっと舌打ちをしながら、

「お定は、いまどこにいるんだい」

「それがわかったら、苦労はしねぇ」

「偉そうないいかたをするんじゃねぇよ」

弥市は、千太郎にまで迷惑がかかると、気が気ではないのだ。

「川中島長屋には、もうおらぬか」

天を仰いで、千太郎が呟く。

「見事に消えました」

誉めてどうするか、とまた弥市が怒る。

「千太郎の旦那、これからどうしましょうか？」

懐手をしながら、千太郎は、うむ、と唸ってから、

「まずは、お定という女の身柄を調べよう。親分は、いままで聞いたことはないのかな？」

弥市は、千太郎と同じように、唸りながら、

「それが、初耳なんでさぁ。名前を変えているのかもしれませんがねぇ。いままで、似たような詐欺話も聞いたことはありません」

そうか、と千太郎は困り顔を見せながらも、

「徳之助はどうだ。お定の身元を探れそうな話は、聞いたことはないか」

頭をかきながら、徳之助は、

「かすかに、甲州なまりがあったような気がしました」

「甲州？」

千太郎が、訊いた。

はい、と徳之助は頷いて、

「たまに、だっちゅう、という言葉が出てましたから」

「だっちゅう？」

「どんなときに使うのか、よくわかりませんが。そんなことをしたら、だめだっちゅう……そんな感じです」

弥市は、それだけでは身元はわからん、と呟いた。確かに、甲州となんらかの関わりはあるのだろうが、それ以上の詳しいことは、まるで藪《やぶ》のなかだ。

「武士なら武鑑を見たら、たいていのことは判明するのだがな」

千太郎の言葉に、弥市は頷いて、

「ちょっと、以前に甲州に関係しそうな事件がなかったかどうか調べてみましょう」

弥市が十手で肩をとんとんと叩いた。

「うまくなにか出てくるといいのだがな」

へえ、と弥市は頷きながら、

「やい徳之助、てめえもなにか探ってきやがれ。こんな面倒な不始末を起こしたのは誰だい」

でも、と徳之助は、どこか腰が引けている。

「あっしは、命を狙われているんですぜ。あまり、おおっぴらには探索もできませんや」

「知るかい、そんなことは」

そんな弥市の言葉に、千太郎はまぁまぁ、と宥めながら、

「どうだ、もう一度、そのお定という女を炙《あぶ》り出したら」

「あぶり出すって？」

「なに、ちと考えがあるのだが……その前に、当分はこの片岡屋に身を寄せているといいだろう」

「まぁ、それしかねぇでしょうねぇ」

弥市も、それがいいと賛同する。

「しかし、お定が引っかかって出てくるでしょうか？」

「まぁ、やってみる手がある。これは、徳之助でなければできぬ」

悪戯《いたずら》っぽい目で千太郎は、弥市と徳之助を見つめた。

二

千太郎は、徳之助を離れに匿うことを治右衛門に話した。

治右衛門は、驚きもせずに、はい、わかりましたとあっさり答えた。千太郎は取り立ててびっくりはしなかったが当の徳之助が、目を丸くして、

「本当にいいんですかい」

と、確認したほどである。治右衛門は、そんなことでは眉すら動かさない。徳之助の命を狙っている連中がいるから、下手《へた》をしたら、この片岡屋も狙われるかもしれない。それでも、治右衛門は、

「それは、楽しみです」

と、にんまりしたほど。古物商の親父とは、とても思えない肝《きも》の据わった男である。

弥市は、すぐ奉行所に行って、甲州に関わりのある女の詐欺や、盗人などを探してみる、といってすっ飛んでいった。

徳之助は、こんなところでのうのうとしていて、いいのだろうか、と千太郎に訊いたが、

「どうせ、お前は女の尻を追いかけるのが仕事であろう」

「そんなことはありませんや」

「では、またほかに得意技があるのか」

「あります」

「なんだ」

「変装ですよ」

「ふむ、それは面白い」

「でげしょう」

にたり、と徳之助は笑う。

千太郎は、どんな男にもなれるのか、と問うと、

「男とは、限りませんや」

得意そうに徳之助は、顔をつるりと撫でた。

「それは、ますます面白い。では、お定を炙り出してみるか」

「なにか策があるんですかい？」

「団子屋で働くのだ」

「神田明神の沢屋ですね」

「女の格好で、しかも名を定と名乗ればよい。じつは、さっき考えていたのは、男のまま沢屋で働いたらどうか、と考えていたのだが……女のほうが面白い。帰りはこの片岡屋に戻ってきたらいい」

徳之助の目が、輝き出した。

「飛びっきりのいい女になりますよ」

「どんどん、評判になるのだ。お定本人が訝《いぶか》るほどにな。自分以外の定という女に人

気が出ていると噂を聞いたら、必ず確かめに来る。しかも、自分が働いていた店だ、気にならないわけがない」

「さすが、親分。考えることが並みじゃねぇ」

「私は親分ではないぞ」

ふふふと笑う千太郎に、徳之助は、しなを作って、

「親分、どうです今夜、しっぽりと……」

腰をくねったその姿は、まさに女であった。

「馬鹿者、女になるのはまだ早い」

ふたりは、がははと笑いあった。

千太郎は立ち上がって、縁側に出た。

寒いです、という徳之助を無視して、一緒に座るのだと、呼びつけた。

しぶしぶ徳之助も縁側に座った。ときどき、冷たい風が吹くのに、千太郎は平気な顔をしている。

寒くないのか、と徳之助が問うと、

「心頭滅却すれば火もまた涼し」

「いまは、寒風のなかですぜ」

「逆もまた真なり」

しれっとした顔で例によって懐手をすると、

「どうだ、身が引き締まるであろう。これからが本番であるからな」

「寒くて厠に行きたくなりまさぁ。なんてことを弥市親分ならいいそうですがねぇ」

「ひとのせいにするでない」

そういいながらも、徳之助は、肩を寒さに揺らしながら、

「本当に親分は、不思議なお人だ」

「だから、親分ではないというに」

「固いことはいわねぇでくださいよ」

「弥市親分はどうするのだ。本当の親分ではないか」

「まだまだですよ。あっちの親分は」

「ほう……」

「千太郎の親分がいねえと、なんにもできねぇからです。最近は山之宿の親分の評判は鰻昇りですがねぇ」

「弥市親分が聞いたら、怒るのではないか?」

へん、と鼻を鳴らして徳之助は、だから、まだ半人前なんだと、言い放った。

千太郎は、じっと灰色の冬空を見上げている。

徳之助も、同じように空を見上げて口を閉じた。

雲が風に流されていく。

今日は、凧は見えない。近所の子どもたちも、手習いに集まっているのだろうか。

こうしてみると、静けさに包まれている。だが、千太郎と徳之助の心のなかは、細《さざ》波《なみ》が立ったままだった。

「千太郎の親分……」

親分と呼ばれて、じろりと千太郎は睨んだが、苦笑交じりに、なんだと返した。

「お定は来ますかねぇ」

「それは、徳之助の腕次第だ。なんとしてでも、姿を現すようにするのだな。それは自分のためでもある」

はぁとため息をつく徳之助に、千太郎は、肩の力を抜けと笑った。

「人を騙そうとする者は、世間の噂は気になるものだ。評判が上がると、必ず出てくる」

「そんなものですかね」

「私を信じるのだな。心が揺らぐと、行動も揺らぐ。そうなると、顔に不安が生まれる。客が離れる。ろくなことはない」

なるほど、と徳之助は何度も頷き続けていた。

それから、千太郎と徳之助の動きは早かった。

千太郎は、治右衛門に頼んで女物の小袖を買ってきてもらう。どうしたのか、という問いに千太郎は、変装だ、と治右衛門にとっては意味不明の言葉を告げただけである。

なにがなんだか、わからぬうちに、治右衛門は使用人に、古着でもいいものを買ってこい、と命じた。

頼まれた男は、柳原土手《やなぎわらどて》に走った。

柳原の土手は、古着屋が並んでいることで知られる場所だ。ただし、夜になると、露店だから店は畳む。そこから活躍するのは、白塗りの女たち。つまり夜鷹《よたか》だ。そのあたりは、夜鷹が集まる場所でもある。

口の減らない連中は、いずれにしても古着だな、などという。

だが、いまはそんな色っぽい話ではない。頼まれたほうとしても、どんなものがいいのかわからぬから、とにかく、派手な物を選んだ。丈《たけ》や身幅《みはば》などはまったく無視である。

そもそも徳之助は、男としてもそれほど大柄ではない。だから、ほとんどの女物は着ることができる。

いま、徳之助は古着だがそれでも、まだ新しそうな小袖三枚を見ながら、

「こりぁ、どこぞの見せ物だぜ」

確かに、一着は基調が朱色に、桜の小紋。別な物は、蘇芳色《すおういろ》に雪の小紋、さらに浅《あさ》葱色《ぎいろ》に荒波が大きく描かれているものが一着。

これは、評判になるぞ、と千太郎も半分は呆れながら、手に取って広げてみたりしている。

冬だから、これだけでは寒い。

だが、徳之助はこれだけでいい、といった。

「寒いではないか」

風邪をひくぞ、と千太郎。

「千の親分、この上に、男物のどてらなどを羽織るんでさぁ」

「ちぐはぐではないか」

「それもまた、一興、ってもんです」

「ほう……お前も突拍子もないことを考えつくものだな」

「千の親分に感化されました」

「なんだ、その千の親分とは」

「のを取って、千親分のほうがいいですかい？」

「そういう問題ではなかろう」

口ではそんなことをいっているが、千太郎は笑っている。

「じゃ、千親分に決まりだ」

徳之助は、着ているものを脱いで、女物を羽織り始める。最初に着たのは、朱色に桜の小紋だった。

「春ですからね」

まだ、桜には早いが、季節の先取りだ、と徳之助は、にんまりしながら、どうです、としなを作った。

三

神田明神下の団子屋、沢屋に楽しい女がいると、評判が立ち始めたのは、それからわずか三日後のことだった。

正月も中旬を過ぎると、お屠蘇《とそ》気分はすっかり抜けている。だが、この沢屋だけには、また、うかれ気分が蔓延《まんえん》しているようであった。

徳之助が、お定という名前で店に立ち始めたからだった。

店の主人は、佐治助《さじすけ》という三十四歳になる独り者。働かせてくれ、と頼んできた徳之助が変装したお定をすぐ雇った。前のお定がやめて、人気取りの女がいなかったことも幸いした。

女のすべてを知り尽くしている、と豪語する徳之助である。女より、女らしいその立ち居振る舞いは、一気に客たちを虜《とりこ》にした。

中身は男だ。男が女にどんなことを望むか、お手の物である。

団子屋といっても、茶だけではなく酒も出す。したがって、昼から赤い顔をした参拝客が大勢集まることになった。

なかには、参拝など関係なく、ただ、徳之助のお定を見たくて、来るという客も集まり、神田明神下はときならぬ人出で、大賑わいになってしまった。

古くから明神下で店を開いている甘酒屋や、せんべい屋は怒るかと思ったら、これも、客が流れてくるので、ほくほく顔だ。

新しいお定さまさまと、お定明神などと呼ぶ者まで出てくる始末。

そんな賑わいに水を差す野郎もときどきいる。

徳之助を間にして、争いを始めるのだ。

そんな馬鹿なことが起きるかと、弥市は話を聞いた先からばかにしていたのだが、この事実を目《ま》の当たりにして、明神様に行く坂の途中で、あきれ果てている。

「旦那……どういうことですかねぇ」

千太郎は、徳之助が水を得た魚のように働いている姿を見て、にやにや、楽しそうだ。

「まぁ、こういうことであろう」

「ですから」

「親分、世のなかを正面からだけ見ても本当のことは見えぬぞ」

「へ……あっしは、ご用聞きですからね。斜めから見るのは苦手でさぁ」

「それがいかぬ」

「いかぬ、といわれても、こればっかりは仕方がねぇです」

わっはは、と大笑いをしながら、千太郎は、どうだ一杯行くか、と弥市を誘う。

「あの徳野郎のいる店に入るんですかい？」

「周りに、お定に繋がる者が来ているやもしれぬぞ」

「はぁ……そういわれたら」

「行くか」

「へぇ」

結局、不服そうな顔をしながらも、坂を下りた千太郎の後をついて行きながら、

「ところで甲州あがりの女詐欺師ですが」

「おう、どうであった」

「それが、どうにも当てはまりそうな女はいませんでしたねぇ」

弥市は、肩を落としながらも、

「ただ、絵師は、こいつではないか、という名前が出てきました」

「前にも同じような贋絵を描いたことがあるのか」

「いえ、本来は、草双紙《くさぞうし》に描いていた野郎なんですがね。名前を鳳仙《ほうせん》といいまして、それが、いろんな名のある昔の絵師の真似をするのがすこぶるうまいときてまして、一時けっこう売れていた奴なんです」

「その男はいまどこにおるのだ」

「そこが問題でして。あるときからぱったり名前が出てこなくなりました。ある女を

嫁にしたのではないか、という噂があって、その女に鼻毛を抜かれてしまって、もう絵は描けなくなったのではないか、というのがもっぱらの噂です」

「ふむ」

「そんな絵師のことなど、あまり気にする者はいませんからねぇ。ただ、あれだけの絵を描ける者がどうして消えたのか、それが不思議だ、というのが、草双紙を作ってる版元《はんもと》ではよく話していたのを聞いたことがあります」

「その絵師の相手が、お定だと？」

「甲州育ちで、二十歳くらいの女だという話でしたから……」

「怪しいな」

「はい……次には鳳仙を探してみようかと」

「当てはあるのか」

「草双紙屋がいますので。渡りの貸本屋ですが、御成街道に小さな店も持っています。利八《りはち》という野郎ですが、こいつは徳之助とは違って、真面目な野郎ですから、話はまともに聞いてもいいかと思います」

「そこで徳之助が出てきても仕方あるまい」

苦笑いをしているうちに、ふたりは沢屋に着いた。

「いらっしゃいませ。あら、いい男」

すっかりお定になった徳之助が、弥市の頬を撫でた。

「…………」

あからさまに嫌な顔ができずに、

「え、へへへ」

三白眼の岡っ引きが、愛想笑いをするのは、あまり気持ちのいいものではない。

「親分、いい顔つきだ」

千太郎が冷やかしながら、徳之助に目で合図を送った。徳之助も、同じように、にんまりと目線を返す。

「おやぁ？」

おかしな声を上げたのは、客のひとり、大工だろう、印のついた半纏を着込んだ男だった。

「てめぇ、いまお定に色目使いやがったな」

なんと、千太郎にいちゃもんをつけたのだ。

「はて、なんのことかな。色目とは？」

「色目は色目だ。てめぇ、馬鹿にすると承知しねぇぞ」

「威勢のいいおにいさんだなぁ」

あくまでも千太郎はのんびりしている。

「なんだとぉ？　二本差しだと思って利いたふうな台詞《せりふ》いいやがると、後悔するぜ」

「おや、そうかなぁ」

「この野郎。ふざけやがって、表出ろ！」

店内での喧嘩は、徳之助が働きだしてから、日常茶飯事である。だが、そのたびに、お定さんが仲裁に入ってくれる、と半分は、偽装のようなものが多い。

たとえ本気だとしても、やがてお定が止めてくれる、それからやさしくしてくれる、という思いがあるのだ。

周囲は、またかという顔つきでにやにやしていたが、

「あれ？　お定ちゃん、黙って見ているぜ」

「これは、あぶねぇ。あの侍は強そうだ」

「哲《てつ》の野郎、いつもの調子で突っかかっているが、今日ばっかりは、骨の一本や二本、折られそうだぜ」

会話をしているのは、哲と呼ばれた大工の仲間だろう、半分、楽しみながら、半分、心配そうに哲とただの浪人とは思えぬ千太郎の衝突を見ている。

哲は、徳之助に目を向けた。だが、知らぬふりをされて、引っ込みがつかなくなったのだろう、この野郎と息巻きながら、

「勘弁ならねぇ」

千太郎の袖を摑んで、外に連れ出した。

参拝客が、ぞろぞろと本殿へ向かう坂道から降りてくるところだった。そろいの法被《はっぴ》を着ているからどこかの講《こう》の連中だろう。全員、なにが起きるのか、と興味津津《しんしん》の目つきで足が止まった。

「野郎！」

いきなり、哲が千太郎めがけて拳を作って飛びかかってきた。

「あれ？」

だが、そこにいたと思った相手が消えたように見えて、哲は、きょろきょろしている。

「ここだ、こっちだ」

「なにぃ？」

振り返ると、千太郎がにやにやしながら、懐手で立っている。

「てめぇ、狐か狸か」

「いや、ただの目利きだ」

「なにぃ？」

「上野山下にある片岡屋という古物店のな、目利きだ」

「片岡屋の目利き？」

その名を聞いた瞬間、哲の顔が歪んだ。

「これは、いけねぇ」

「おや？　どうした。いままでの勢いが消えたぞ」

「片岡屋の目利きの後ろには、山之宿の親分がついているという噂だ。これはいけねぇ。やめた、やめた。お定はおめぇにやるぜ」

「ちょっと待て待て、お定さんは物ではない。あげるのなんのは、変であろう」

「そんな能書きはいいってことよ」

あばよ、といってすたこらと、明神下から浅草方面に向かって走っていってしまったのである。

呆れながら店に戻った千太郎は、首を傾げた。殺気を感じたのである。

いま哲という大工をからかったばかりである。それを見ていた誰かが、視線を送っているのは確かだった。

だが、その殺気は、誰から発せられてくるのか……。

ここで、敵の目に気がついたと相手に知られてはいけない。ごく普段と同じ動きを見せなければいけない。いま、相手に悟られてしまっては、敵を特定することができなくなる。

「親分……」

さりげなく、弥市に耳打ちをした。

「徳之助を呼んでくれ」

「呼ばなくても、こっちに向かってます」

にこにこと笑みを浮かべながら、徳之助のお定が、お盆に団子とお茶を載せて運んできた。

途中、地味だが、値のはりそうな藍鼠《あいねず》の羽織を着て、頭巾を被った大店の主人ふうの客の前を通るときも、小さく、笑みを見せて通り過ぎる。どこぞの主人が、団子屋で油を売っているとばれるのを嫌って頭巾で顔を隠しているのだろう。

徳之助がそばに来ると、千太郎は、

「まだ、頼んでおらぬが」

そういいながら、殺気の出先を探《さぐ》った。

いた――。

徳之助の後ろに隠れるようにして座っている浪人の視線が、鋭い。

だが、すぐその目は徳之助が千太郎の前に来たときに、消えた。

「ううむ」

思わず唸った千太郎に、弥市が問う。

「どうしたんです？　団子は不得意ですかい？」

「誰かが徳之助を見ていた」

自分への殺気ではなかったのだ。目的は徳之助だった。

「それは、この店の全員が見てますよ」

「そうではない」

「では、どういうことです？　本物のお定がいるんですかい？」

「違う……耳を貸せ」

へぇ、と弥市は体を千太郎に寄せた。

「こんな耳でよければ、いつでも貸しますが、抜けません」

千太郎がいいそうな戯《ざ》れ言《ごと》をいったが、乗ってこない。

「あれ？　なにかやばいことでも起きそうなんですかい？」

「これ、耳を遠ざけるな」

「しまった、では」

横顔を向けると、千太郎は誰かが徳之助を殺そうとしている、と囁いた。

「知らぬふりをしろ。いま、慌てて動いたら敵の思うつぼだ。騒ぎに乗じて、殺すという方法もある」

「へぇ、わかりやした」

首をこきこき鳴らすような仕種をして、弥市は店全体を見回す。

だが、取り立てて剣呑《けんのん》な感じがする侍も町人もいなかった。

「千太郎の旦那……怪しいやつはいませんが」

「いま、外に出て行った」

千太郎の目を見て、弥市は合点《がってん》、と小さく呟き、外に向かった。浪人をつけようというのだ。

弥市が出て行くのを確かめてから、千太郎は徳之助を手招きすると、

「なんでしょうか？　しっぽりですか？」

口紅までつけた徳之助が、色目を使いながら千太郎のとなりに座ったから、周りは騒然とする。

「なんだ、あのぼんやり侍は」

「まさか……」

「なんだい、まさかとは」

「まさか、とはまさかだ。まさか……」

わけのわからぬ会話が飛び交っている。

徳之助は、しなを作ったまま、千太郎の傍から離れない。

「近すぎる」

「いいじゃありませんか。嫉妬させておきましょう」

「ばかなことをいうな」

「あら……いい報せがあるんですよ」

「……………」

「お耳を拝借」

顔を近づけあったふたりを見て、周りはさらに大騒ぎになった。徳之助は、そんな連中のことなど眼中にない。体をくっつけるように近づくと、千太郎の耳に口元を当てた。

「さっきの浪人は、今日初めて来ました」

「さりげなく名前を聞いたら、宮田村五郎蔵《みやたむらごろうぞう》と答えましたが、嘘ですね」

「くすぐったい」

「店の主人に訊いたら、前のお定がいるときに、ときどき顔を見たといってます。お定とは顔見知りのようだったとのことですよ」

「もっと離れろ」

「わぁ！」

「な、なんです」

「お前が耳たぶを舐めるからいかんのだ」

「あらぁ……」

徳之助はくねくねと腰を揺らしながら、客のなかに入っていった。

騒いでいた大工の仲間たちの頬を、ちょいと触れていく。

そのたびに、大工たちは、ふぇ、などといいながら鼻の下を伸ばす。

「こんな男どもの姿を見たら、雪さんはどうするかなぁ」

つい、ひとりごちてしまった。

「私がどうしたのですか？」

「わ！　雪さん！」

「なんです、その驚き方は」

「耳たぶを舐められるのは、苦手なのだ」

雪は、ぽかんとしたまま、千太郎の目を覗き込み、

「大丈夫ですか？　徳之助の毒気に当てられましたね」

「ふうう、どうして、ここへ？」

「私から逃げようなどと考えてはいけませんよ」

にんまりしながら、じゃじゃ馬姫の顔が、近づいた。唇が触れそうになる。

「ちょっと、待った、ここではいかぬ」

「あら、残念」

「ううむ、今日はおなごの毒に当たる日だ」

「あら、徳之助は男です」

「……もうよい。外に出よう」

「どこに行くのです？」

「鳳仙という絵師を探そう。それから帰って弥市親分の帰りを待つ」

四

一方、こちらは弥市。

大川から冷たい風が吹き付けてくる。子どもだろうか、誰かが川に向かって石を投げる音がした。ぽちゃんと立てた音も、どこか冷たそうだった。

ぶるんと体を振りながら、弥市は、先を歩く浪人を見た。後ろ姿が、がっしりしているところを見ると、剣術の稽古をかなり積んでいると思われた。

千太郎にしても、一見、華奢《きゃしゃ》に感じるが、一度、上半身を脱いだ体を見たことがあり、その筋肉の逞しさに、感嘆したことがある。

だから、いざというときに、素早い動きができるのだろう。

そんなことを考えながら、弥市は浪人を尾行する。

大川沿いの樹木が、そよそよと枯葉を蠢《うごめ》かせている。

冷え込んできたのか、歩く足先が冷たい。足の指に力を入れながら、弥市は歩き続ける。

「これは、行き先は向島《むこうじま》だな？」

ぶつぶついいながら、弥市は、尾行を続けた。

浪人は、大川を上り大川橋の東側を進む。広大な水戸《みと》様の下屋敷を右に見て、そのまま桜餅で知られる長命寺《ちょうめいじ》に向かった。

さらに、右に折れると須崎村《すさき》だ。そのあたりになると、ほとんど周囲は畑しかない。たまに百姓家が点在しているが、金持ちが寮を持っている場所でもある。

なにが目的でこんなところに来たのか、と弥市は訝った。

寮に女を囲っているようには見えない。住まいを持っているとも思えない。その証《あかし》に、少し歩いては止まり、また確かめるように進んで、足を止める。

となると、知った者がいると考えるほうが当たりだろう。

「野郎、誰を探しているんだい」

誰にいうともなく、呟きながら後をつける。

遠目が利くので少し離れていても、それほど苦労はなかった。

もっとも、それは逆に見つかるという危険もあるのだが、まったく人が歩いていないわけではない。それに、浪人は一度も振り向かない。

よほどこれから行く場所に集中しているらしい。

訪ねるのは、それほどの相手だ、ということだ。

しかし、道を探しているということは、今日が初めてということになる。枯れ野を歩きながら、弥市は肩を抱えた。周りには風を遮るような建物がないからだった。

枯れ木にからすが止まって、こちらを見ている。

「なんだ、あのからすめ」

目が合ったような気がして、不愉快になった。思わず懐に手を入れて、すぐ思い直す。

からすに十手は効かない。

じっと、弥市の行方を見つめているからすに気を取られていると、

「あれ？　野郎、消えやがった」

しまった、と小さく叫んで駈けだした。

少し行くと、秋葉神社の社《やしろ》が目に入った。鳥居の陰に、小川が流れている。

女がこの寒いのにふくらはぎを出して、野菜を洗っている姿が目に入ってきた。

「いた……」

そのそばに、浪人がしゃがんでいたのだ。

「なんだ？　あの野郎、ばかにうれしそうだが……」

首を傾げた。

あの女に会いたくて、ここまで来たのだろうか？

と――。

お峰《みね》さんと、呼ぶ声が聞こえた。

浪人が会いに来たのは、お定ではないか、と淡い期待をしていたのだが、違ったらしい。

ふくらはぎから、太腿までも見えそうな格好で野菜を水洗いしている姿だけでは、はっきりとはいえないが、あまりまともな仕事についている女には見えない。

百姓女にしては、垢抜け過ぎている。

どういう女だろう？

どこぞの寮にいる金持ちの妾か、あるいは、そこの女中か。

身元を調べる必要があるだろう。あの浪人は、沢屋の主人によれば、お定とは懇意にしていたのだ。どこでどうお定と繋がるかわからない。

浪人はうれしそうに、お峰という女に話しかけている。だが、女は、いやいやをするように、首を振っている。

迷惑という雰囲気ではない。それは、惚れた相手を女が焦《じ》らしているようにも見えた。

あの野郎、お定に惚れていたくせに……。

ほかの女にもあんな嬉しそうな目つきをするのか、と毒づいた。

そのとき、女が後ろを向いた。ふくらはぎの真ん中あたりが黒ずんで見えた。痣《あざ》でもあるのか、と思ったのだが。

違う……あれは黒子《ほくろ》か？

弥市は、確かめるために、思わず隠れていた松の木から身を乗り出した。

体が浪人たちに見えたら困る。せっかくここまで尾行してきたことを無駄にするわけにはいかない。

慌てて、木の陰にもう一度、体を戻した。

幸い、ふたりは弥市の存在には気がついていなかったらしい。そのまま話を続けている。

小川から足を抜いたお峰と呼ばれた女は、裾を戻して竹籠に野菜を入れて歩き始めた。

どこに行くのか確かめたほうがいいのかもしれない。と、気持ちを引き締めたとき、ふたりは別れて歩きだした。

別々の方向に向かい始めたために、どちらを追いかけようか迷ってしまう。

浪人を追いかけて、身元を確認するか。

それとも、お峰という女に声をかけて、浪人の名前でも聞き出そうか。

しばらくして、女はこのあたりに来たら見つけることはできるだろう、と考え、浪人の後をつけることに決めた。

そのほうが、お定と会う見込みは高い。

問題はお定の居場所を見つけることだ。ならばお峰という女を追うより、浪人にくっついていたほうがいい。

そこまで考えて、弥市は松の木から離れて、あぜ道に足を踏み出した。

五

こちらはお定になりきった徳之助。

弥市が浪人を尾行し、千太郎と由布姫が店を出てから、奇妙な行動を取り始めた。

今度は店の陰に行き、男に戻ったのだ。

湯島の元吉から命を狙われているのを知りながら、危険を承知の上だった。

度胸だけは一流だが、腕は三流である。

ひとりのところを狙われたら、ひとたまりもないだろう。元吉の手下たちは、血《ち》眼《まなこ》になって徳之助の行方を探しているはずである。

黙ってお定を続けていたほうが安全だ。

「喧嘩の腕はねぇが、逃げ足は一流だ」

心のなかで呟きながら、徳之助は女の格好を解いて、店の真ん中にどんと座った。

店はコの字型に造られていて、周囲は風を遮るように、葦簀《よしず》張りになっている。簡易な造りだから寒い。小さな手炙りが、小上がりに置かれているが、そんなものはほとんど役に立たない。

それでも江戸っ子は寒いとはいわない。痩せ我慢も江戸っ子の心意気なのだ。

徳之助は、周囲を見回した。

弥市がつけていった浪人は、お定の馴染み客。奴以外にも馴染みは大勢いる。そのうちの誰かに話を訊こうとしたのである。

お定になったままでは、そんな話は訊くことはできない。客たちは、いま目の前にいる新しいお定に夢中だからだ。

前のお定のことより、いま体がそばにある女と楽しみたいのは、客としては当然の気持ちだろう。

ひとりで一本だけ団子を頬張っている男がいた。

店の主人が、お定は休憩だ、と告げたせいか、大工たちをはじめとして客のほとんどは帰って行った。

残っているのは数人だった。そのうちのひとりである。

十徳《じっとく》に厚手のどてらを着て、職人とも見えず、医師にも見えない。不思議な雰囲気を醸し出している男だった。

口が軽いとは思えないが、とりあえずは元吉の手下には見えない。客のなかにも、それらしき顔は見えなかった。

「兄い、すみませんが」

声をかけると、じろりと睨まれた。

その目は、どこか濁っている。酒に溺れている顔だ、と感じながら、

「団子より、いい店があるんですがね」

「……お前は、女衒《ぜげん》か」

「へへ、違いますよ。ちっとばかり女好きだってことだけで」

「いま、そんなところに行く気はねぇよ。第一、どうして俺が見知らぬお前と一緒に

そんなところへに行かなくちゃならねぇんだ」

ばからしい、といいたそうな顔で、徳之助に目を据えた。

「おっかねぇなぁ。そんな目で見られると、逃げ出したくなりますぜ」

「勝手に、逃げろ。お前に用はない」

「そんなこと、いわねぇで」

人懐っこさは、女に対するだけではない。男にも通用するらしい。目の前にいる十徳の男も、なんとなく徳之助の言葉の巧みさに引きずられ始めているようだった。

そんな相手の指を徳之助は見ながら、

「で、兄貴……」

「なんだ……おめぇにそんな呼び方をされる覚えはねぇぞ」

「へへ。まぁ、いいじゃねぇですかい。その指についているのは、絵の具ですかい？　いいなぁ、絵の描ける人は。あっしは、絵よりも恥をかくほうが得意でさぁ。あ、頭もときどきかきますがね」

「ち……くだらねぇことを」

絵の具だと暗に認めたことになる。

「一度、兄いが描いた絵を見てみたいもんですねぇ」

「…………」

「あれですかい？　けっこう名のあるかただったりして？」

「そのへんでやめておけ」

「おや、またおっかねぇ顔に戻りましたねぇ」

「よけいなことをいうからだ」

十徳の袖を引っ張ったのは、指についた絵の具を隠そうとしたのだろうか。

「そんなことをいわずに」

「やかましい」

とうとう立ち上がってしまった。

「あらら、そんなに怒らなくてもいいってもんでしょう」

絵師らしき男は、すうっと立ち上がると、小上がりから降りて、店の主人を呼ぶ。

「この野郎がうるせぇから、帰るぜ」

主人は、あらら、といいながらも、別に慌てるふうもなく応対する。

「では、紫紺《しこん》さん、またいらっしゃいませ」

「また来るぜ。だが、この野郎がいねぇときにだ」

「そんなことはおっしゃらずに。お定もいますから」

徳之助を見て、にやりと意味深な笑いを見せながら、

「まぁ、ときどき消えますけどね」

あはは、と愛想笑いを見せる。

紫紺と呼ばれた十徳の男は、横柄な態度で、

「じゃぁな。お定ちゃんによろしく伝えてくれよ」

「その言葉、しっかりどこかで聞いてると思いやすよ」

「そうならいいがなぁ」

にやにやしながら、紫紺は店を出た。

徳之助は、眉根を寄せてなにかを考えていたが、

「親父、あの男は？」

「ちっとも売れない絵師さんですよ。絵師といったって、ほとんどあぶな絵ばかり描いている、といつか卑下して笑っていましたがね」

名のある絵師かと聞かれて怒るはずだ。

「そうか、ありがとよ。今日は、お定は戻らねぇと思ってくれ」

主人に伝えると、尻端折《しりはしょ》りをして、紫紺を追いかけた。

「ちょっと待っておくんなさい！」

後ろから呼び止めると、紫紺は、機嫌の悪そうな顔で、徳之助を見た。

「また、おめぇかい」

「ちと、いいですかい？」

「よくねぇ。とっとと消えろ。第一、おめぇは誰だ」

「へへへ、ちと、わけありでしてね」

「……町方の犬か」

「へへへ、ちと人探しをしているんでさぁ。ご同業のかたなんだと思うんですがね」

「俺に友人などいねぇ」

「いえいえ、友人でなくてもいいんです。噂だけで」

「誰のことをいってるんだ」

ごくりと、唾を飲み込んでから鳳仙の名前を出した。紫紺は、目を細める。

「鳳仙だと？　俺もあまり威張れた仕事はしていねぇが、あんな半端野郎と一緒にされたら困るぜ」

「半端野郎なんで？」

「……あまり余計なことはいいたくねぇな」

「じゃ、これでその気持ちを変えてくだせぇ」

懐から一朱銀を出した。紫紺はそんなものには興味がない、という目つきだが、明らかに体から力が抜けた。

「いらねぇ……」

一度は断ったものの、貧乏絵師だ、これを無視するほどの根性はなかったらしい。

ふん、とわざと鼻を鳴らして、

「まぁ、おめぇの気持ちを無駄するのも可哀想だからな」

手を出して、さっと握ると、

「贋絵を描いていたからな。以前、沢屋にいたお定は、野郎の女だぜ」

「ははぁ……それは知りませんでした」

もちろん承知の話だが、初めて聞いたふうな顔をする。そうやって乗せたほうが、相手も話しやすいだろう。

「いま、どこにいるか、聞いたことはありませんかい?」

「お定が沢屋から消えたのは、贋絵で大儲けしたのがばれたからだろう、と踏んでいるんだがな」

「へぇ」

「お定は、だいぶ前に向島で、寮守りみてぇなことをしていたはずだ。鳳仙と一緒に暮らすようになってからは、そこをやめたという話だぜ」

「それは、誰からお聞きしたんです？」

「鳳仙が酔っ払ったときに、ちらっと漏らしたんだ。じつはな、鳳仙が贋絵を描き始めたのは、お定が薦《すす》めたからだ。それで、俺にもやらねぇか、と持ち込んできたんだが、おれは、あいつほど贋絵を描ける才はねぇからやめたのよ」

「ははぁ……鳳仙とはそんなに仲が良かったんですかい？」

「野郎が描いている貸本屋に俺も描いているからな。それで知り合った」

「なるほど……」

向島か、と徳之助は反復しながらさらに訊いた。

「お定が働いていたという寮の持ち主は誰です？」

「さぁなぁ、そこまでは聞いていねぇが……だが、どうしてそこまで気にするんだい。やはりあれか？　贋絵の話か？」

「まぁ、そんなところだと思ってくださいよ。あまり詳しくはいえねぇので、すみませんねぇ」

「ふん……しかし、おめぇ、どこかで見た気がするんだが、前に会ってるかい？」

「……まぁ、あの沢屋にはちょくちょく行ってましたからね。それで、見覚えがあるんじゃありませんかい？」

「そうかもしれねぇな」

首を傾げながら、紫紺は絵の具のついた指をぺろりと舐めると、

「まだ、なにか訊きてぇことがあるのかい。これ以上は、俺も知らねぇよ」

「もうひとつ。鳳仙とお定が一緒に住んでいたのはどこです？」

「それは知らねぇ。あの野郎は、あまり自分のことはいわねぇたちでな」

鳳仙の女だと知っていて、どうして追いかけたのか、訊くと、

「最初は知らなかったさ。後で鳳仙と飲んだときに、自分の女が団子屋で働いている、と口を滑らせたから、気がついたんだ」

「そうですかい」

「鳳仙は、どんな野郎です？　太っているとか、体がでかいとか……」

「そういえば、いつも手ぬぐいで顔を隠すようなことをしていたなぁ。体つきにはそれほど特徴はねぇと思うよ。でかくもなく、小さくもなく、中くらいだ」

「顔は？　ほくろとか」

「ほっかむりしているから、はっきり見たことはねぇよ。第一、そんなに何度も会っ

ているわけじゃねぇ。あぁ、そういえば、お定のふくらはぎには、黒子《ほくろ》があったぞ。あれが、色っぽかった」

思い出し笑いをする紫紺に、徳之助は念を押す。

「鳳仙とお定が一緒にいた塒《ねぐら》は知らねぇんですね？」

「聞いたことはない」

ふたりの塒がどこにあるのか、知らないならこれ以上、用はない。徳之助は、ていねいに礼をいって離れることにした。

紫紺は、徳之助の後ろ姿を見ながら、

「どうも、あの背中は見たことがあるような気がするんだがなぁ、どこで会ったものやら……団子屋か、やっぱり……」

いつまでも首を傾げ続けていた。

六

こちらは千太郎と由布姫。

沢屋を出てから、一度、川中島長屋の入り口にある木戸番に寄って、番太郎にお定のことを訊いたが、暮らしはひとりだったと聞いて、絵師の鳳仙とは一緒に暮らしていなかったのか、と驚いた。

客たちも、いくらなんでも長屋まで押しかける者はいなかったらしい。

もっとも、男と一緒だとばれたら、客はあっという間に逃げてしまう。となると、川中島長屋はお定がひとりでいたのも頷ける。ときどき、家を明けていた、というから鳳仙がいるところに戻っていたのだろう。

千太郎は、その足で草双紙屋を訪ねることにした。渡りとはいえ、店も持っているのである。

その店は、御成街道にあると聞いている。

いま行ってもいるかどうか、わからない、という由布姫に、

「いないなら、それまでのこと」

と、気にしていない。

とにかく、探してみようと勧める。由布姫は、はいと答えて、

「千太郎さまと一緒ならどこだって楽しいですからね」

「こんなときに、なにをいうのだろう、このお嬢様は」

「どんなところでも、気にしません」

「近頃、少し大胆になってきました」

「あら、そうかしら」

「そうです」

「お嫌いですか？」

ふぅ、と息を吐いて千太郎は、いった。

「いえ、歓迎です」

こんな会話を弥市が聞いたらどんな顔をするだろう、と千太郎は思っているが、言葉にはしない。

「ところで、このところ志津さんの顔が見えませんが」

「まだ、私のために、お店《たな》であれこれ画策をしているのです」

公《おおやけ》には、由布姫はあるお店のお嬢様という触れ込みだ。そういいながらも、どこでどんな物を売っている店か教えないのだから、あまり意味はないのだが、弥市にしても、治右衛門にしても、詮索はしない。しても無駄だと思っているのだろう。

「それはそれは」

千太郎も調子を合わせると、

「佐原市之丞も見えませんが？」

由布姫も訊いた。

「そろそろ顔を出す頃でしょう」

佐原市之丞も、屋敷内で父親の源兵衛と一緒に、千太郎が病だという嘘の話をなんとか、家臣たちに信じさせている。そのために、なかなか江戸の町に出てくることができないのだ。

しかし、もう正月も半ばを過ぎて、もう数日すると如月《きさらぎ》。

「亥《い》の子餅の頃になると、奴は動き始めるのです」

「あぁ、よくわかります」

ふたりは、大笑いする。

そうこうしている間に、御成街道に着いた。

将軍が通る道路なので、御成街道と呼ばれているだけあり、道幅は広い。

周囲には、武家屋敷も集まっているが、町屋もある。

したがって、侍や町人たちが入り交じって歩く姿があった。

荷馬車も大八車も通り、店の前で厳しい顔をしながら荷物を検分しているのは、高《たか》積《づみ》見廻り同心だろう。

荷駄の高さや、広さ、積み方には制限がある。それに違反していないかどうかを調べるのだ。特に、将軍が御成になるときは、厳重な警戒をするのが常だった。
今日は、将軍の御成はないために、顔は厳しくても、のんびりした雰囲気である。
「風が強くなってきましたね」
手で風を防ぐような格好をしながら、由布姫が呟いた。
さりげなく、千太郎が体を寄せて、風を防ぐ。
笑みを浮かべて、由布姫はそっと千太郎の手に手を触れた。
千太郎も、逃げはしない。
ただ、そっと触れているだけだが、ふたりの心はひとつなのだ。
しかし、それも長くは続かない。
「雪さん。あそこがそうらしい」
御成街道の真ん中あたりに、間口《まぐち》、一間半の小さな店が目に入った。
看板が出ているわけではない。
店の内部が外から丸見えになっていて、草双紙や、錦絵などが飾られている。
その中心のところで、若い男がなにやら書き物をしていた。
「ちと、ものを訊《たず》ねたい」
偉そうな態度の千太郎だが、男は不機嫌な顔も見せずに、頭を下げた。

「はいなんなりと。私はこの店の主、利八といいます。どんなご用向きでございましょう。新しい草子ならまだ入っていませんが。あぁ、これがあります。私が書き下ろしたものですが、こんなものでよければ」

利八と名乗った男は、三十歳前だろう。眉毛が濃く、唇も厚い。いかにも江戸っ子という雰囲気を持った男だった。

「あ、いや。知りたいのは人だ」

「はて……」

「鳳仙という絵師がこちらで描いていると聞いたが」

「はい。自分で構図を作るのが下手《へた》なので、ちと、ある有名な絵を真似て、筆遣いを学ぶように勧めたのですが、これがまた……」

「本物そっくりであったか」

「とうとう、贋作などをいたしまして、首にしました」

「そうであったか」

「なにか、その鳳仙のことで、私がお咎《とが》めを受けるのでしょうか」

心配そうに、利八は千太郎の顔を見た。となりに、これまた少し高飛車な顔をした女が立っていることに気がつき、目をしょぼしょぼさせながら、

「私は、その贋作を売ったりはしておりません」

「それは、わかっておる。鳳仙には女がいたはずだが？」

「はい、お定という女がいると自慢をしていました」

「住まいは、知らぬか」

「さぁ、そこまでは……」

「絵を頼むときは、いかがしていたのだ」

「定期的に、鳳仙がこちらを訪ねて来ていたのです」

由布姫が割って入った。

「鳳仙と知り合ったのは、どこですか？」

利八が訝しげな顔をしたのは、町方には見えないふたりが、質問を続けているからだろう。だが、由布姫は、怯《ひる》まずに、

「しっかり答えねば、お前も罪に問われるかもしれませぬよ」

念を押した。

「はい。奴から売り込みに来たのでございます。それがいまから半年前のことだったと思います」

「それまで、鳳仙はどこで、絵を描いていたのだ？」

「さぁ、師匠がいたとも聞いておりませんからねぇ。仕事をまともにしていたとも思えませんから、女の紐でもしていたのではありませんか？」

「お定に食べさせてもらっていたと？」

「そうでなければ……けっこう着物などは高値のものを着ていましたから。絵の腕はいま一つでしたからねぇ。絵で食べてたとは思えません」

そうか、と答えて千太郎と由布姫は顔を見合わせた。

これだけでは、まるで雲を摑むようである。

「鳳仙とは何者だ……」

思わず、千太郎が呟いた。なかなか、正体が見えてこない。

由布姫も、どことなく憂い顔だ。このままでは、まったく五里霧中のままである。

「どうしましょう？」

眉をひそめる由布姫に、千太郎はうむ、と例によって懐手になると、また利八に問う。

「お定を狙っている浪人を知らぬか」

沢屋に来ていて、弥市が追いかけていった浪人の正体を知っているかどうか、訊こうとしたのだ。

「さぁ……あまり侍の話は聞いたことはありませんがねぇ」

「そうか……」

　と答えて、少し首を傾げると、

「大店の主人などにもお定は人気があったのかな？」

「あまり聞いたことはありませんが、なかにはいたでしょうねぇ」

「鳳仙とは、いくつくらいの男だ」

「これが、けっこう年齢はいっていると思いました。四十は越えているのではないかと」

「けっこうな歳だな。そんな男に、どうしてお定が？」

　お定は、まだ二十歳程度だという話である。

「さぁ。男と女のことは通り相場では測れませんから」

　ふむ、と千太郎は苦笑する。

「しかし、不思議な男と女ではないか」

「なにがです？」

　利八が訊いた。

「四十男に、若い女。それに、どこから現れたか、絵師。そして贋絵……」

「ははぁ……」

利八は面倒なことに巻き込まれるのは、たまらんという目つきをする。

「まぁ、気にするな。お前はふたりに加担したわけではなさそうだ。気にすることはない。だが、なにか新しいことを仕入れたら、教えてほしい」

「はい、あのぉ、どちらまで」

「山下の片岡屋という古物を扱っている店を知っておるか」

「ははぁ……あいまい屋ですか」

古物は、はっきりと値が決まってない。あいまいな値段をつけるというところから、裏ではそんな呼び名を付けられている。

「まぁ、そんなところだ」

「わかりました、して、お侍さまのお名前は」

「おう、これは無礼をした。千太郎だ。姓は千、名は太郎」

「千太郎さま……」

本当の名前かという目つきだが、それ以上に千太郎と由布姫がふたりで醸し出す不思議な気配や、立ち上る味わいに目をつけたらしい。

「おふたりは、どこか普通のかたと違いますが、どのようなおかたで？」

「ただの、目利きとその手伝いだ」

その答えに得心のいかぬ目つきをするが、それ以上は訊こうとはしなかった。

「まぁ、仕方ありません。では、どうです楽しい草子がありますが」

今度は商売に走ろうとするのを、制して、

「ふむ。私らは作り話より楽しい日々を送っておるでな」

これで、失礼するといって、千太郎は利八と別れた。

「これから、いかがしますか？」

数歩進んでから、由布姫が訊いた。

「向島に行ってみよう」

「はて、それはまたどうして？」

「お定は、どこぞの寮守りをしていた、という話だった」

「あぁ、そうですねぇ。でも、その寮のことはまったく話には出てきませんでした。どこにある誰の寮なのやら」

「なに、あのあたりに行って、お定という女がいた寮はどこか、訊き回ったらそのうち当たるだろう」

「そんなに簡単にいきますかねぇ」

「気楽にやれば、ぶち当たるものだ」

「本当ですか？」

「雪さんは、私を信じているのでしょう」

「もちろんでございます」

「ならば、だまってついてくればよろしい」

「あい……旦那さま」

ぷっと、なにかを吹き出しそうになった千太郎に、

「あら、まだ早すぎましたね」

しれっとして由布姫は、また千太郎の手に触れるのだった。

七

弥市は、浪人を追いかけようとしていた。

だが、どうしたことか、お峰と別れても浪人はそこを立ち去ろうとしない。女に未練があるのだろうか、それともほかに目的があるのか？

推量するが、わかるはずもなかった。

遠くから、またからすの鳴き声が聞こえて、弥市は嫌な顔をしながら、

「なんだい、あの野郎は、なにをしてるんだ」

ひとりごちながら、しばらく浪人の動きを見張っている。

そろそろ陽は西に傾き始めている。暗くなる前に動いてくれないと、提灯も持っていない。闇のなかでは、尾行は至難の業《わざ》だ。

今日は、月もあまり明るくはないだろう。満月はとうに過ぎている。

と――。

浪人が動かない理由が判明した。

お峰が向かった先から、男が歩いてきた。その男に、手を上げて挨拶をしている。

どうやら、その男が来るのを待っていたらしい。

少し腰を落とし、低姿勢な歩き方は、遠目からも商人とわかる。

お峰が働いている寮の主人なのかもしれない。

立ち話を続けるふたりの顔を見ている限りは、仲がよく見える。どんな関係なのか、弥市は想像するが、答えは出ない。

お峰と懇意になってから、あの商人ふうの男と会ったのか、それとも、先に目の前の男と知り合いだったのか。

じっと見つめていたが、どうにもすっきりしない。

最初は、お定に繋がるものがあるかどうか、それを知りたいと思ったのだったが、まったく関係のなさそうなふたりと話をしているだけだ。

無駄足だったか……。

そう考えるしかなかった。

「いや、このままでは面白くねぇ。最後まであの浪人にへばりついてやるぜ」

ふたりは仲良く、歩きだした。

お峰が向かった方向だった。

どうにも、気に入らない。なにか馬鹿にされているような気分だ。こっちの動きを知っているのだろうか、という思いも湧き上がる。

それなら、それでもいい。

弥市は、決心して、ふたりの後をつけ始めた。

徳之助は、大川沿いを長命寺に向かっていた。

紫紺から、お定は向島で寮守りとして働いた、と聞いたからだ。いまは、いないかもしれないが、その寮の持ち主からお定に関することが、聞けるかもしれない。

もっとも、すぐ目的の寮が見つかるかどうか、疑問だ。

それでも、女のことなら自分の力でなんとか探すことができる、と自負があったのだが……。

「これは、ちっとばかりやばいことになってきたぜ」

どこで見られたのか、湯島の元吉の手下らしき連中が数人、後ろを歩いて来ることに気がついたのだ。

それとなく、数えてみると、三人いた。大人数ではない。

だが、徳之助に喧嘩をする力はない。

逃げるのが一番なのだが、ここはだいぶ先まで一本道。横に曲がって逃げるということもできない。

これは韋駄天《いだてん》で逃げるしかねぇぜ、と呟いて、足を速めた。

千太郎と由布姫は、大川から少し外《はず》れた道を使って、向島に向かっていた。

お定が働いていたという寮を探すためだった。

どこにあるのか、誰の寮なのか？　なにも知らずに向かっている。

くしくも、弥市は向島にいて、徳之助は長命寺手前。そして、千太郎と由布姫は、本多家の下屋敷から右に入り、大川を外れ、そこから須崎村に入ろうとしているところである。

三者三様の動きだが、目的地は同じであった。

左に、名も知らぬ神社があり、そこで子どもたちの声が聞こえている。凧は揚がっていないから、かくれんぼでもしているのだろう。

須崎村は、家が点在していて、百姓家だけしか見えなかった。

「この先を行くと、秋葉神社があります。寮があるとしたら、そのあたりではありませんかねぇ」

由布姫が、いった。

「詳しいのだな」

「すぐそばに長命寺がありますからね。桜餅を求めにときどき志津と来ていましたから」

「食い意地も、ときには助けになるものだ」

皮肉な千太郎の言葉にも、由布姫は乗って来ずに、

「聞こえませんでしたか？」

「はて、なにが？　子どもたちの声はさっきから聞こえるが」

「違います。なにやら、逃げ惑うような声です」

「はて……」

千太郎は足を止めて、音に集中した。

わっ！　とか、ぎゃ！　というような声が確かに聞こえた。

しかも、どんどんその声は近づいてくる。

「あれは徳之助の声ではありませんか！」

由布姫の言葉と同時に、あぜ道を転がるように走っている男の姿が見えた。

「確かに、徳之助だ。元吉の手下たちに狙われているのだろうか」

お仕着せの同じ黒い法被を着た男が三人、徳之助を追い掛け回している。

「こっちだ！」

千太郎が叫んだ。

徳之助は誰の声か、という怪訝な目で、こちらを探ると、ぱっと嬉しそうな顔になり、一目散に千太郎のいる場所に向かって走りだした。

はぁはぁいいながら、千太郎のそばまで来ると、

「ひぇ！　地獄に仏とはこのことですぜ」

「奴らは、元吉の手の者か」

「そのとおりで。とうとう見つかってしまいましたよ」

千太郎に会えたことで安心したのか、肩の力が抜けている。

「それより、どうしてここへ？」

由布姫が訊くと、徳之助はよく訊いてくれた、という顔になり、

「このあたりに、お定がいた寮があると聞いたんですよ」

「それは、奇遇。私たちもだ」

「このあたりを探せば、お定がいるかもしれません」

「住んではいなくても、なにか当たりは付くかもしれぬと思ってな」

「あっしもでさぁ。それなのに、よけいな連中が出てきやがった」

「私にまかせておけ」

「へぇ、さっきは大船が見えたかと思いました。溺れそうでしたからねぇ」

にこりとする千太郎の前に、三人のうち、一番大柄な男が立ち塞がった。

「怪我をしたくなかったら、その男をこっちに渡してもらおうか」

頬に怪我の跡が残っていて、いかにも喧嘩慣れしていそうだった。

「それは、こっちの台詞だ」

「野郎は、贋の絵を摑ませやがったんだ。それだけじゃねぇ。いろんなあやをつけて、

金を持っていきやがって、勘弁ならねぇ」

「おや？　あんたが、元吉さんかね」

「留六《とめろく》だい。元吉の弟だ」

「あぁ、そうですか」

のんびりした千太郎の応対に、留六は真っ赤になった。

留六は、仲間のふたりに目を向けると、

「とっとと、畳んじまえ！」

自分が出るほどの相手でもないと踏んだのか、一歩下がった。

だが、そのふたりは、あまり喧嘩慣れはしていないのか、お互い牽制しているだけで、動けずにいる。

千太郎は、ぐずぐずしている姿を笑いながら見ていたが、

「あ！　危ない！」

留六が、由布姫に飛びかかったのだ。

そこは由布姫、薙刀《なぎなた》の免許皆伝である。いくら喧嘩が強かろうと、そんな相手など、ひとひねりである。

「おっとっと」

わざと体を倒して、留六の懐に入り込むと、鳩尾《みぞおち》に当て身をくらわせる。

う……と唸りながら、留六はその場に転がり込んで、気絶してしまった。それを見ていた仲間のふたりは、お互い目を見合わせると、へっぴり腰になった。

「どうした。留六はここで眠ってしまったぞ。お前たちは、どこで眠りたい？　そこのあぜ道から落ちて、泥のなかで眠るか、それとも、帰って畳の上で眠るか、どちらが好みかな？」

あわあわいいながら、ふたりはその場から逃げだした。

「へ！　おととい来やがれ！」

急に元気が戻った徳之助が、ふたりの背中に向かって叫んだ。

「さて、この留六はどうしてやろうか」

蹴飛ばそうとする徳之助に、

「そんなことをしたら、起きてしまうぞ」

「おっと、それはいけねえ。ですが、このまま放り投げておきますかい？」

「いや、連れて行く。といっても、いまは邪魔だからあそこの木にでも、くくりつけておけばよい」

「でも、仲間が来て助けていくかもしれません」

「それならそれでよい」

「さいですかい」

徳之助は、気絶したままの留六を担いで、千太郎が指さした木の下まで運び、留六の着物から帯をはずして木に縛りつけた。

「この者は、あとで元吉と折衝するときの手札にしておこう」

「あぁ、なるほど」

由布姫が、頷く。

「では、私が見ていましょうか」

「いや、こんなところに長時間いたら風邪をひいてしまう。そこまですることもあるまい」

「でも、徳之助の命を助けるためには、必要なのではありませんか」

「なに、こんな者がいなくても、なんとかなるであろうよ」

「それもそうですね」

千太郎にかかれば、湯島の金貸しなど、それほど恐れることはない。

徳之助も、そう思っているから、それ以上は追求しなかった。

八

浪人と商人らしき男の後を追いかけていった弥市は、いま、まさに秋葉神社の森のそばにいた。森を少し入ったところに、寮が建っていたのである。

それを見て、弥市は首を傾げる。

お定は、このあたりの寮で働いていたはずだ。

それは、ここではないのか、と推理したのだ。

つけてきた浪人がお定に懸想《けそう》していたことは確かである。そんな男が、すぐ違う女に気持ちを動かすことがあるだろうか？

ひょっとしたら、あのお峰は、お定の変名ではないのか？

徳之助だって、男から女に変装したのだ、女が名前を変えて元の働き口に戻っても不思議はないだろう。

そう考えて、弥市は身震いをした。

もしそうだとしたら、どうなる？

お峰がお定だから浪人はあのように、親しそうに、楽しそうに会話をしていたのではないのか？

その考えに、弥市は興奮を抑《おさ》えきれない。

「そうにちげぇねぇ。では、あの商人はお定が贋作を自分の旦那に描かせたということを知っているのだろうか？」

いや、知るはずはねぇだろう。

浪人はどうだ？

それは、どちらともいえねぇ……。

お定の正体を知っているともいえるし、知らねぇともいえねぇ。

ここは、あの商人に、お峰の身元を訊き出し、もしお定だとしたら、捕縛の手伝いをさせてやろう。

そこまで考えて弥市は、動きだした。

なんとか商人を、浪人やお峰と離れさせなければいけない。

その算段はどうするか、と考えているとき、どうしたわけか、その商人らしき男が弥市のいる方向に歩いてきた。

どうするか、弥市は一瞬、迷った。このまま待っているかどうするか。

木陰に隠れてしばらく、じっとしていたが、思い切って姿を現した。

一瞬、男はぎょっとしたようだった。こんなところで待ち伏せされているとは、普通は誰も思わない。

そこは、大店の主である。泰然としながら、

「おや、驚きました……あなた様は、どうやら、懐に入っているのは……ご用のお方らしいですねぇ」

顔がてかてかしていて、いかにもいい物を食べているという風情《ふぜい》だ。目が鋭いのは、生き馬の目を抜く江戸で、商売をしているからだろう。

「なにかご用の向きでも?」

「じつはな……」

とうとう、弥市はお定と浪人の関係、それと鳳仙という絵師を探しているのだが、どこにどう隠れているのか、まるで見当がつかねぇ、と語る。

「そこでだ。あのおめぇさんの寮のなかに入っていった女の名はなんていうんだい」

「はて、お峰といいますが……」

男の名は、松三郎《まつさぶろう》というらしい。日本橋で商売をしているが、ここは、家内や店の者たちには内緒の場所なので、詳しいことは勘弁してほしい、と照れ笑いをした。

お峰は、ただの小女《こおんな》でいまの寮は、つい最近売りに出ていたのを買っただけだから、

その前のことは知らない、と答えた。お定という名前も聞いたことがない、というのだった。

弥市はどうしてもあのお峰と話をさせてくれ、と粘った。

浪人は、藤山堂右衛門《ふじやまどうえもん》という名で、房州生まれで親代々の浪人だという。

知り合ったのは、沢屋だという。普段、自分は店の者たちに、団子などを食べているところを見られたら困るので、顔を隠しているという。

千太郎が見たら、頭巾を被った恰幅の良い金持ちふうの男だと気がついたことだろう。だが、弥市はそんなことは知らない。

お定の話や、鳳仙のことをじっと聞いていた松三郎は、ううむ、と唸りながら、

「では、私のところにいらっしゃいますか。そこで、白黒をつけてはいかがでしょう。もしお峰がそのような罪を重ねている女だとしたら、雇っているわけにはいきませんからねぇ」

「それは、ありがてぇ」

喜んだ弥市は、松三郎の後をついていくことにした。

途中、この松三郎はなにをしに、自分のほうに向かう道を歩いてきたのだろう、という疑問は残ったが、お峰がお定に違いない、という思いに、その疑問は吹き飛んで

いた……。

「あれは、弥市親分ではありませんか？」

由布姫の言葉に、千太郎と徳之助が、そうらしいと答えた。

三人は、元吉の弟、留六を縛りつけてから、秋葉神社に向かっていたのである。

どうして、親分があんなところにいるのだ、と徳之助が呟き、千太郎が、親分はお前を沢屋で睨んでいた浪人を尾行したのだ、と答えた。

図《はか》らずも、全員がこの秋葉神社に向かって来たことになる。

「やはり、眼目はここの寮ですね」

喧嘩は苦手なのに、腕まくりをしながら、徳之助がいった。

「そうらしい……だが、まだ鳳仙もお定もその居場所を見つけたわけではない」

「まぁ、なんとかなるでしょうよ」

まるで千太郎のような、のんびりした台詞を徳之助が吐いたから、由布姫は声を上げて笑った。

「どうにも、千太郎病は伝染するようですねぇ」

三人が笑っている声は弥市には、聞こえない。

じつのところ、弥市はとんでもないことになっていたのである。

「な、なんだってんだ」

いきなり、藤山堂右衛門に刀を突きつけられて、動転していたのである。

「なにを探りに来たのだ。ずっと私の後をつけていたであろう」

とっくにばれていたのだった。

さきほど、松三郎が弥市がいるほうに向かって来たのは、それを確かめるためであったらしい。しまった、と思ったがもう遅かった。こうなると、十手を取り出して、相手を怯《ひる》ませるしかない。

「ふん、俺はお上のご用を承《うけたまわ》っている山之宿の弥市ってもんだ。そこの女にちょっと用がある」

「私には、ないよ」

とても、女中とは思えぬ横柄な態度である。

それに対して、松三郎も堂右衛門も平然としている。

「やはり、てめぇはお定だな？」

「私は、お峰だよ」

「本当かい……いや、おめえはお定だ、そうでなければ平仄《ひょうそく》があわねぇ」

「どうあわないってんだい」

「俺の十手の勘だ」

「冗談じゃないよ」

そこに、がたがたと戸の開く音がした。

「また、誰か来ましたよ」

入ってきたのは、千太郎、由布姫、徳之助の三人である。

その顔を見て、一番驚いたのは、弥市だった。どうして、ここへ？　という目つきで、三人を見た。

「やぁやぁ、みなさん、おそろいで」

例によって、のほほんとした表情で、千太郎が声をかけた。

「なんだ、おぬしたちは」

藤山が問うが、松三郎は後ろを向こうとした。

「おやぁ？　その顔は頭巾を被って沢屋に来ていた人ですね」

話をしている間に、由布姫はなにを思ったか、その場から離れて行った。

徳之助が、素っ頓狂な声を上げた。

「やい、てめぇ！　お定。よくも俺を騙してくれたな！」

お峰の顔を見て、徳之助は叫んだ。

「贋作を亭主に描かせて、詐欺を働くなんざ、ふてぇアマだ」

と、おかしなことが起きた。

「贋作？　なんのことだそれは？」

堂右衛門が、弥市に向けていた刀を下げたのだ。

怪訝な表情で、堂右衛門は松三郎に目を向けて、

「松三郎さん、これはどういうことです」

どうやら、藤山堂右衛門はなにも知らされていなかったらしい。

藤山は、頭が困惑しているようだった。

「お定さん……お峰と名前を変えたのは、それを隠すためだったのですか？」

「まぁ、そんなところですよ。藤山さんには、ご贔屓《ひいき》にしていただきありがとうございましたねぇ」

「なんと……」

うろうろしながら、藤山は自分の頭を整理しようとしているらしい。だが、なかなかうまくいかないのだろう、何度もお定を見たり、松三郎を見たりしている。

すると、千太郎がその場の雰囲気を変えた。

「なるほど……寮で働いていたというのは本当だったらしいが、また同じ寮に戻るとは、いや、同じかどうかは知らぬが……まぁ、同じであろうなぁ。そのような態度を取っておるから、そう思う」

「なにをごちゃごちゃとおっしゃっているのでございましょう。私は、松三郎という商いをおこなっている者です。ちと取り込み中ですので、どちら様が存じませんが、お引き取りを」

松三郎が、千太郎に向けていった。

「ところがそうはいかねぇってもんだぜ!」

徳之助が、啖呵《たんか》を切った。

「俺は、その女のせいで命を狙われることになったんだ。このまま、はいそうですか、と尻尾を巻くわけにはいかねぇ。やい! お定!」

「ふん、鼻の下を伸ばしっ放しにしているからだ。私が悪いわけじゃないよ」

「このあまぁ!」

ちょっと待て、待て、と間に入ったのは、藤山だった。

「どうにも、わからぬのだが」

弥市に、この女は贋作などをやったのかどうか問い質す。

「本当のことです」

　弥市が答えると、

「絵を描いたのは？　鳳仙という名の野郎だが、そいつがどこにいるか、どうにもはっきりしねぇ。あんたということはねぇでしょうねぇ」

「そんなわけがなかろう……」

　沈んだ顔で、藤山はお定に目をやり、悲しそうに名前を呼びながら、

「やはり、そんな悪どいことをしていたのですか」

　そこに、由布姫の足音が聞こえた。

「千太郎さん……」

　顔が青白いのは、なにかを発見したのだろう。

　こちらへ、と手で招き、先に歩きだした。

　千太郎と弥市が、ついていこうとしたとき、松三郎が、逃げようとした。

　弥市の十手が飛んだ。

　頭に当たって、うっといいながらその場に蹲《うずくま》る。お定が、あんたっ！　と叫んでそばに走り寄った。

「あんた？」

藤山の表情が変わった。

千太郎は由布姫に案内されて、別棟になっている座敷の障子を開いて、

「これは……」

思わず、立ち尽くしていた。

九

千太郎と由布姫の目に入ったのは、絵の具が散乱し、書き損じの絵が転がっている図である。

「ここに鳳仙がいたんですね」

由布姫の問いに、千太郎は、腕組みをしながら、

「最初からここにいたのだろう。松三郎が鳳仙だったのだ」

「え？」

戻ろう、と千太郎はすぐ全員のいる座敷に戻ると、

「松三郎、いや、またの名を鳳仙」

名前を呼ばれて、驚いたのは、本人だけではない。

弥市、徳之助、そして藤山堂右衛門も固まっている。

「あんたが鳳仙だとしたら、いろいろと平仄があうことになる」

千太郎は、続けた。

鳳仙が松三郎だとしたら、寮で働いていたお定は、女房というよりは、妾だったのだろう。

「絵は手慰みだったのか」

顔を歪ませながら、松三郎が答えたのは、

「下手《へた》の横好きですよ。なかなかうまく描けない。だけど、それはそれで別によかった。ひとりで描いていても、楽しかった。やがて、その絵を売りたくなった。ところが、なかなか自分が描いた絵は売れない。そこに、このお定が私に夢を与えてくれたのだ」

「贋作のどこが夢なのだ」

「いままで、くすぶっていたのに、光が当たったのです。それは、うれしいでしょう」

「贋ものを描いて、なにが楽しいのか私には、わからぬ」

「あなた様のところに持って行くと聞いて、やめておいたほうがいいと思いましたよ。すぐ、贋作だと見破られると思いましたからね。でも、悩んでいるという話を聞いて、お定が、いろいろ画策しました。私もそれが楽しくなった……」

ばかなことを、と千太郎は、眉をひそめた。

「目利きとして、わからぬはずがあるまい。悩んでいたのは、こんな絵を誰がなんの目的で描いたのか、それだったのだ」

「ふん、理由はどうでもいいのですよ。大事なことは、目利きとして知られる片岡屋のぼんやり侍が、どう判断するかでしたからねぇ」

「さもしい考えに乗ったものだ。どこぞ大店の主人とあろうものが。金などいらぬだろうに」

「自分の気持ちが大事だったのですよ」

そんなことはどうでもいい、と弥市は、前に出て、

「黙って、縛《ばく》につけぇ！」

だが、またそこでおかしなことが起きた。

「松三郎、お定、逃げよ！」

藤山が、刀を青眼に構えて、千太郎の前に進み出たではないか。

弥市は、目を剝いて、

「藤山さん。お定はこの松三郎の女だったんですぜ。さっき、気がついたでしょう」

「そんなことはどうでもよい。私は、沢屋のお定に惚れた。寮守りという言葉を信じる。だから、助ける」

「なんてばかな」

由布姫が、吐き捨てた。

「藤山さんとやら、あなたは騙されていたのですよ」

「男が一度、惚れたら、すべてを飲み込むものだ」

「悪事もですか」

「善悪は問題ではない」

「それは、間違っています」

「だから申しておる。善悪ではない」

叫び声を上げて、千太郎に斬りかかった。

「ちょっと待て、待て」

とんとんと片足で逃げたが、部屋の壁にぶつかって、それ以上、下がることができない。

しからば……と千太郎も刀を抜き、青眼から上段の構えを取った。

「むっ……」

藤山の額に汗があふれ出てきた。

「これは……おぬし何者」

「ただの目利きであるが、いかがしたかな?」

「く、く……動けぬ」

「女に恋する気持ちは尊い。だがな、藤山堂右衛門! お前は間違っておる」

威厳のある声音《こわね》が、藤山の戦意を奪った。

がくりと膝をついた。

その瞬間を見計らったのか、お定が座敷から逃げだした。

徳之助が追いかけて、横に回ってけたぐりを飛ばした。お定は、膝を折って、その場で、痛い痛いと転げ回り続けている。

松三郎は、弥市の十手が当たって痛いのか、それとも観念したのか、じっと立ったまま動こうとしない。

「お定、なにかいうことはないか」

「困ったお人だ」

言葉はやさしいが、千太郎はまだ威厳を保っている。

痛みに転がりながら、お定は憎しみの目を千太郎に向けて、

「ふん、なにをいうんだい」

「藤山さんは、騙されてもお前を助けようとしたのだぞ」

「それは、あちらさんの勝手ですよ」

「なんとまぁ」

由布姫がすたすたと、お定の前にしゃがみ込んだ。

「あんた、それどこから出ているんですか？」

「なんだって？」

「人の口からではありませんね。地獄に落ちなさい。本当は、ほっぺたの数発も殴りたいところですが、そういうのは嫌いです。だから、やめておきましょう」

するると、今度は徳之助がそばによってきて、

「雪さん、それは違いますよ」

「なにがです？」

「この女は、わざと悪態をついているんでさぁ。そうしないと藤山さんが、いつまでも、自分のような女を忘れることができねぇ。それはお侍の藤山さんのためにならね

え。そう思っているから、わざと悪たれのような言動を取って、嫌われるようにしたんです」

「…………」

「この女は、確かに贋作などを描かせた。でもそれは、旦那のためと思ってやったことです。男のためなら、嘘もつく……悪事も働く……でも、藤山さんへの気持ちはわざとです」

由布姫は、言葉を失っている。

「女ってのは、そういうものじゃありませんかい？」

由布姫は、徳之助の言葉に頷きながら、お定を見つめた。

お定の目には、大粒の涙が溢れ、徳之助に目で感謝の意を伝えていた。

「これで、藤山さんも浮かばれるってもんです」

藤山も、松三郎も言葉なくじっと立っているだけだった。

「ひとつ訊きたい」

千太郎が松三郎にいった。

「お定のやったことは許されることではないから問う。湯島の元吉に絵を売り、それを今度は偽物だとばらした。そこに、また仲間らしき者が、さらに騙しの上塗りをしたという。その役目は誰だったのだ」

「あれは、私の寮の使用人です。すぐ金を渡して暇を出しましたから、いまはいませんが……」

「なるほど、そういうことか」

「そのような策謀をしたのは、お定か？」

「……はい」

「その頭をほかに使えぬものであったか？」

お定は、泣いている。松三郎は動けない。藤山は、ぶつぶつと呟いている。

「私はあの甲州なまりが好きだった。死んだ妻も甲州であった。あの、だっちゅう、という方言を聞くと、妻を思い出していた。だから、夢を追いかけていたのだ……」

そのとき、徳之助が叫んだ。

「留六を縛ったままだ！　連れて来ましょう」

由布姫のため息が、その場の終演を告げた。

大川の流れは、夕闇を含み、かすかに赤味を帯びていた。

振り返ると、秋葉神社の屋根も、夕陽に染まり荘厳な佇まいを見せている。

子どもたちの声は聞こえなくなっていた。

弥市は、おとなしくなった松三郎とお定を、自身番に連れて行った。徳之助は、留六を引っ張ってきて、弥市に渡すと、お定に、元気にしてろよ、と騙されたわりには、やさしい言葉をかけて、

「湯島の元吉たちからほとぼりがさめるまで、消えます」

どこぞへと、走り去った。

由布姫は、桜餅は売れ切れた後だった、と残念な顔をしながらも、千太郎とふたりになれて、うれしそうだ。

「お定の最後の涙はなにか、悲しくなりました」

「ふむ……」

「徳之助に、ひとつ教えられましたね」

「そうだな」

「ところで、お訊きしたいことがあります」

「あん?」

「私が、なにか悪事に手を染めても、藤山さんのように、かばってくれますか?」

「さてなぁ」

「あれはあれで、間違っているとはいいましたが、私は心底うらやましかったのですよ」

「ほう」

「なにかいってください」

「いや、雪さんは悪事などには手を染めぬ」

「たとえ話です」

「推測できぬ話だから、どう答えていいものやら」

「やはりねぇ」

「はん？」

「予測どおりの答えです」

「おやおや」

「ほかになにかいうことはないのですか」

「ある」

「…………」

「今度、桜餅が売り切れる前に、長命寺に来たいものだ」

「……あぁ」

「はて、なにかな、いまのため息は」

「いいです。期待した私がばかでした」

「どんな期待をしていたのであろうか」

呆れ顔で先に進んでいく由布姫に、

「では、いいましょう。雪さんは夕陽です」

千太郎が声をかけた。

由布姫は振り向いて、えっ？　という顔をする。

「夕陽は地平の果てまで続きます」

「はい？」

「つまり、雪さんは私にとって夕陽のごとく、地平の果てまで見届ける相手です」

「まぁ……」

由布姫の顔がぱっと明るくなり、夕陽が頬に刺さった。

第三話　姫の宝探し

一

如月に入って、今日は初午《はつうま》だった。

初午は稲荷《いなり》社の行事だ。境内では絵馬が数多く売られ、子どもたちが、太鼓を鳴らして大はしゃぎだ。町のなかでも、絵馬売りの行商が歩き回っている。

ここ、片岡屋のそばにある、小さな稲荷にも子どもたちが集まっている。

なかに、珍しく佐原市之丞の顔があった。志津がそそと後をくっついている。

広い境内ではないのに、人が溢れているのだから、いわずもがな、体をくっつけないと歩くことはできない。

「志津さんの体は暖かいです」

「あれ……」

ふたりの体がすっと離れたが、すぐまた戻り、志津と市之丞は、顔を見合わせて赤くしている。

そんなふたりを遠くから見る四つの目は、千太郎と由布姫だ。

「あの者たちの祝言話はどうなったのでしょう」

市之丞が、なんとしてでも志津と祝言をしたい、と画策したのだが、ふたりはまだ自身の正体を話していないのだから、うまくいくはずがない。

市之丞は父親の源兵衛から反対され、志津は由布姫に相談をして、最終的にはうやむやになってしまった。

ふたりが屋敷を抜け出すことができるようになったのは、めでたいが、千太郎にしても、由布姫にしても面倒くさい、という顔つきをしている。

千太郎にいわせると、

「市之丞は、粗忽《そこつ》でいかぬ」

ということになるし、由布姫は、

「志津は、まじめ過ぎて困ります」

という会話が交わされているのだった。

といっても、ふたりの仲を裂こうという気持ちはまったくない。うまくいってほしいと思っているのだ。

市之丞と一緒になって志津も、はしゃいでいる図がなかなかほほえましい。

「あの仲が続けばよいのだがなぁ」

千太郎の言葉に、由布姫は大丈夫でしょう、と答える。

「それより……」

「おや？　気になることでも？」

由布姫は、ちらっと千太郎の顔を見ると、

「私たちはどうですかねぇ」

「おや、またそんなことを」

「いつまでも言い続けますから、御覚悟を」

「これは怖い」

「はい、私は怖いおなごなのです」

ふたりは、大笑いをした。

空から、粉雪が降り始め、子どもたちは三々五々、境内から外に出始める。

「そろそろ店に戻りましょう」

由布姫の言葉に、千太郎は頷き、

「どうするかな、あのふたりは」

「ほうっておいてもいいのではありませんか。大人《おとな》なのだし。これからふたりで、どこぞに行く、ということも考えられます」

「おや？」

「はい？」

「どこぞとはどこでしょう」

「さぁ……」

知らぬ顔をして、由布姫は先に歩きだした。

社《やしろ》から外に出る千太郎と由布姫の姿を遠くに見て、市之丞は追いかけようとしたが、

「ふたりでそのあたりの散策でも」

という志津の声で、思いとどまった。

はい、と答えた市之丞に、志津は少し恥ずかしそうに、

「お久しぶりですから」

「いや、忙しくて失礼いたした」

「その、格式ばったお言葉はおやめになってください」

「なるほど」

意味不明な言葉を返す市之丞に、志津は、ふっと笑みを浮かべる。

さきほどから、粉雪が降り始めている。

こんなときに、散策とは酔狂なものだが、ふたりにそんなまともな考えは浮かばぬようだ。

そのとき、市之丞のところに、若い侍が走ってきた。にきび面の、まだ十七歳くらいだろう。

「なんだ」

普段とは異なる偉そうな態度に、志津が口に手を当てる。ことさら、威張っている感じがしたからだ。

にきび面の若侍は、はい、とおじぎをしてから志津を見て、

「失礼いたします」

と頭を下げ、市之丞に耳打ちをした。

「なんと」

「はい」

「本当かそれは」

「嘘ではわざわざお呼びに来ません」

「ううむ」

志津は、市之丞の困り顔を見て、

「お屋敷でなにかありましたか」

「うむ、ちとな」

「では、すぐお戻りを」

屋敷といっても、市之丞が旗本なのか、あるいはどこぞの家臣なのか、聞いたことはない。

自分とて、由布姫の侍女だとはいえずにいるのだから、お互いさまである。

しばらく逡巡《しゅんじゅん》していたが、市之丞は、やはり若侍と一緒に屋敷に戻ると告げた。

「承知いたしました。御勤めきちんとお果たしください」

「ありがとう」

後ろ髪を引かれる思いで、市之丞はそばにあった鳥居を思いっきり蹴飛ばし、

「また、梶山《かじやま》に連絡を入れます」

梶山とは志津の実家だ。ふたりはそこで、連絡を取り合っている。

「お早く……」

「うむ」

若侍が、駆けだした。

遅れるわけにはいかぬ、と市之丞はその先を走っていく。

境内から吐き出されていく子どもたちを蹴散らして走る姿は、いざというときの侍の姿、と志津は心をときめかせる。

やがて、市之丞の後ろ姿が見えなくなった。

一度、市之丞がこちらを向いて、手を大きく振った。

志津も手を振り返した。

残された志津は、由布姫を探したが、すでにどこかに行ってしまったらしい。

自分たちが、どこぞ散策に行くつもりだったためか、千太郎と由布姫も、知らぬところに行ったのだろうと勝手に解釈をしてしまった。

片岡屋に戻ったとは、夢にも思っていない。

これが志津の間違いであった……。

稲荷社を囲う土塀沿いを志津は歩いた。

東叡山寛永寺《とうえいざんかんえいじ》とは反対の方向に向かう。左手には、寺が並んでいる。

別に、あてがあったわけではない。

途中、寺男だろうか、箒《ほうき》を持って門の前を掃き清めていているところにぶつかった。降りだした雪を払っているようだ。

目が合って、志津はかすかに頭を下げた。寺男は、怪訝そうな目を向けながらも、同じように、頭を下げた。

後をふたりの侍がつけていることを、志津は気がつかない。

粉雪が強くなった風に煽られて、顔にかかる。

手でそれを払いながら歩いた。

寂しかったのだ。

市之丞と会えたのは、いつ以来だろうか。それが、急な呼び出しで、屋敷に戻っていった。

仕方がないとは思うが、やはり寂しい。

そんな気持ちが、志津に油断を与えていたのだろう、

「あ！」

後ろから、男の汗臭い匂いに抱えられたときには、鳩尾《みぞおち》に拳《こぶし》を当てられていた。

その小さな叫び声を、寺男は門の前で隠れながら見ていた……。

だが、誰に告げることもなく、境内に入っていった。

よけいなことには、口を出すな、と普段から住職にいいつけられていたからだ。

寺は、町方の手が出せない領域。町を歩く女になにが起きようと、自分には関わりはないのだ……。

二

気がついた志津は、周囲を見回した。

暗いが、まったくなにも見えないわけではない。

しばらくしていると、目が慣れた。

「どこぞの座敷牢？」

目の前に格子が見えていた。

錠前がついているから、そこに押し込められている、と気がついた。

「どうして私が？」

ひょっとして、由布姫と間違われたのではないか？

飯田町の屋敷にいるときに、不穏な噂を聞いたことがあったからだ。

密やかな言葉で、由布姫の命が狙われている、と聞いたことがある。由布姫に伝えると、

「まさか、私の命など狙ってもなんの意味もありません」

と一笑に伏されてしまった。

「しかし、姫さまをさらうと、大きな身代金《みのしろきん》が要求できます」

「そんな度胸のある者は、いまの江戸にはおりません」

「油断は禁物です」

「……わかりました。せいぜい、気をつけます」

「千太郎さんが助けてくれると思っていますね」

「さすが志津ですね」

「しかし、あのかたは一介の目利きです」

暗に身分が違う、といいたいのだ。

「そなたは、心配することはありません」

きつい目と言葉で決めつけられてからは、なるべく千太郎のことには、触れないようにしてきたのだったが、志津としては由布姫の命を守らねばならない。

そう考えると、自分が由布姫と間違われたのは、不幸中の幸いではないか、と考え

た。

がちゃがちゃと錠前が開く音がした。

座敷に入ってきたのは、侍の格好をした男だった。

四十絡みの渋さを漂わせている。髷《まげ》もしっかり月代《さかやき》を剃っているところを見ると、浪人ではなさそうだ。

だが、こちらから由布姫と間違えたのか、と問うのは得策ではない。

まずは、相手の出方を窺った。

「そつじながら……」

「…………」

「そなたは、お佐奈《さな》様かな？」

「……？」

お佐奈？

聞いたことのない名前だった。

由布姫と間違えたのかと思ったが、そうではなさそうだ。志津は、身じろぎしながら、

「どういうことでしょう」

「……その格好はいかがしたのです？」

「はて」

「町娘に身をやつしているとは聞いていましたが」

「…………」

うかつに答えるわけにはいかない。志津はあいまいな顔を作った。

侍は、じっと志津を凝視している。

志津は、息苦しさを感じたが、そこで怯《ひる》む気はなかった。

「なんです？　無礼でしょう」

思わず、由布姫の言葉使いを真似た。

「これは、ご無礼を。ところで、お佐奈さま」

「なんです」

「今後どうするおつもりですか」

「……どうもこうも、このままで私になにをやれというのです」

侍がなにをいわんとしているのか、まるで想像がつかない。こんなときは、相手を叱るに限る。

「は……」

かすかに、眉をひそめた侍は、膝を撫でながら、

「それをいわれると困りますが」

志津は相手を威嚇し続けた。

「ここから出しなさい」

「はぁ……」

「できぬのですか」

「はい」

「なぜです」

「それは、お佐奈さまが一番、ご存知かと」

「わかりません」

ふう、と侍はため息をついてから、

「少々ご不便とは思いますが」

「多いに不便です」

「当分、このままでいてくだされ。こちらの話がつくまでは」

「………」

ここに幽閉された理由は、まるで見えてこないが、取りあえず、命を狙われることはなさそうだ。

足音が聞こえて、廊下に若い侍が座った。

「引間《ひきま》さま……」

目の前の侍は、引間というらしい。

「なんだ」

「例のかたたちが来てますが」

わかった、と引間は頷き、志津に礼をすると、

「しばらくの間、見張っておれ」

そういって、引間は廊下を歩いていった。若侍が残されて、鍵をかけながら、こちらを見た。

「お佐奈さま……」

志津は、鍵の前まで行き、若侍をじっと見た。

「早く、教えていただいたほうがよろしいかと」

「…………」

答える術《すべ》がない。第一、なにを答えろというのか。よけいなことをいうと、贋者だ

とばれてしまう。志津は、身じろぎもせずに、背筋を伸ばしながら、

「そなたの名前は？」

思い切って訊いてみた。お佐奈という姫とは一度も会ったことはない、と踏んだか
らだった。もし、会っていたら、それらしき目配りなどがあるものだが、それがなか
った。

「はい……」

若侍は、いおうかどうか、逡巡しているようであったが、

「教えるな、と念を押されております」

「なぜか」

「はい……」

額に汗を流し始めたのを、志津は見逃さない。

「いかがした。早く教えてくれたほうが、そなたも楽になるのではないか」

「は……」

志津は待った。じっと待った。だが、

「失礼いたします」

答えずに、そのまま立ち上がって、廊下を戻っていってしまった。

結局、なにもわからぬまま、この座敷牢に留め置かれることになってしまったのだった。

お佐奈というどこぞの姫と間違われているのは、間違いのないことだろう。

そんなに、自分とその姫とは似ているのだろうか。

由布姫絡みではなかったのは、ひと安心ではあるが、まったく覚えのない事件に巻き込まれてしまった。

「市之丞さま」

つい、口をついて出たのは、その名であった……。

呼んだところで、なにか起きるわけではない。いま頃、市之丞は、屋敷で忙しく立ち働いていることだろう。志津のことなど忘れてしまっていることだろう。

志津は、寂しそうな顔をする。

「市之丞さま……」

また、呼んでみた。

返事が聞こえてきそうな気がしたからだった。もちろん、木霊《こだま》のようなことが起きるはずはない。

と、そのとき、声が聞こえた。

志津は、まさかと思って期待に、目を見開いた。

「お佐奈さま……」

違った。廊下の外から聞こえた声は、さきほどの若侍である。

「なんです」

思わず、不機嫌な声になった。顔が強張っているのが自分でも感じる。

「あのぉ……」

「なにごとですか」

姫になりきっている自分が不思議だ。前に伺候する若侍は、まったく姫だと疑いは持っていないらしい。

「はい……私の名は、伊佐村藤次《いさむらとうじ》といいます」

「……………」

「さきほど、聞かれましたので……」

「どうして教えてくれました。止められていたのでしょう」

「はい」

伊佐村の顔に赤味が刺した。

この者は、自分に懸想でもしたのか？

驚きの目で、志津は伊佐村を見つめたが、地獄からの声が志津の心に響いた。この伊佐村という若侍の気持ちを利用してやろうと考えたのだった。

「そちは、私をどう思います」

「は？」

「どう思うかと聞いております」

まさに、由布姫が乗り移ったようである。ぴんと背中を伸ばしているのは、普段、姫が警護の者や、家臣たちに対峙《たいじ》するときの姿である。近くにいると、真似るのは難しくない。

「は……」

「答える気がなければ、よろしい。下がりなさい」

「あ……いえ、あの」

「…………」

「おきれいなかたと思っております」

「…………」

「私にできることがあれば、なんなりと」

「そうですか。いまはありません」

わざと志津は冷たく突き放し、背中を向けた。もう用はない、というときの由布姫がよく取る行動だった。

しばらくの間、伊佐村は廊下から動かずに座っていたが、やがて静かにそこから離れていった。

「なんてことをしようとしているのでしょう」

志津は、自分の行動を信じられない。若い侍の自分に対する気持ちを利用しようなどと。それは騙しではないか。

だけど――。

こんな状況では、やむを得ないことと、自分に言い聞かせた。

引間や、伊佐村たちの目的がわからぬ間は、お佐奈という姫として振る舞ったほうがいいだろう。

しかし――。

ここから逃げるには、どうしたらいいのだろうか。

座敷全体にぐるりと目を配ってみたが、逃げ出せるような気がしない。鍵を開いて逃げるほどの才量も自分にはない。

こんなとき、由布姫ならどうするだろうか？

考えてみたが、案は浮かんでこなかった。

いずれにしても、あまり動かぬほうがいいだろう。余計なことをして、自爆したら命も危なくなるかもしれない。いまは、お佐奈だと思われているから、乱暴などはされずにいるはずだ。

しばらく、様子を見よう。やがて、引間たちからなにか訊き出すことができるかもしれない。そうなったら、もっと対処の方法が出てくるかもしれない。それまで、じっと待つほうがいい。

志津は、静かに目をつぶった。

三

「大変なことが起きようとしています」

市之丞は、青い顔をしながら、千太郎の前に座っていた。

「なにごとだ」

屋敷に呼び出された市之丞が、父親の源兵衛から聞かされたのは、とんでもない話であった。

「由布姫さまの命が狙われているですって？」

「どうも、飯田町の屋敷で不穏なことが起きているようだ」

「どうして、それが判明したのです」

父親は、言葉を濁した。おそらく、密偵を送り込んでいるのだろう。江戸家老としては、いろんな策を練っているに違いない。

「まぁ、それについてはいいです。ですが、千太郎君に知らさねば」

「まだ、例の古物屋におるのか」

「逃げてなければ」

「逃げる？」

「あるおなごと仲良くなっております。そのおなごは、町娘ですから、おやめになったほうが、と何度も進言しているのですが、お聞きになりません」

「その女から逃げることもある、と申すのか」

「おそらく、ありえませんが」

「由布姫さまという許嫁があるのに……そのような事実が明るみに出たら、大事ではないか」

「本人は、まったく意に介しておりません。公儀に知れたら、稲月三万五千石は風前の灯火です、と申し上げているのですが……」

困った若殿だ、と源兵衛は渋面《じゅうめん》を作りながら、

「とにかく、若殿にお知らせ申せ」

……というわけで、父親から話を聞いた翌日、市之丞は押っ取り刀で片岡屋に駆けつけ、千太郎の前に座っているのだった。

「本当に命が狙われているのか」

「噂ですが、そんな言葉が出てくること自体、危険が迫っているということでしょう」

「ふむ」

「なんとかしましょう」

「由布姫に直接声をかけたらそれでよいではないのか」

「それが……」

「どうした」

「由布姫さまが、消えたと申します」

「はて」

昨日、由布姫は飯田町の屋敷に戻っているとばかり思っていた。

「昨日はどうした。戻ってはおらぬと？」

「さぁ、そこまでは知りません。ただ、毎日、出歩いているので、そのことかもしれません」

「それは、消えたとはいわぬ。粗忽者め」

「しかし、天下の姫さまが、屋敷を抜け出すなど、あってはならぬこと。そんなふざけた行動を取るような姫さまです。陰でなにをしているのか、わかりません」

「他人に迷惑をかけるような行動はとっておらぬ」

「はて」

市之丞は、大げさに首を傾げて、

「どうして、そのようなことがいえるのです？」

「む……」

「普段は、あのどこぞの馬の骨とも知れぬ、雪などというおなごと浮わついておるので、真《まこと》のことが見えなくなっておいでではないのか、と憂慮しておりました」

「おや？　お前は、その雪さんのお供のなんとやら、というおなごと祝言をしたいと、騒いでいたのではなかったかな？」

「騒ぐとは、人聞きが悪い」

「では、あたふたしておったと言い直すか」

「それも、嫌です」

「勝手にしろ」

そういって、千太郎は、例によって懐手になりながら、

「お前のことなどは、どうでもよいが……」

思案するふうになったとき、障子戸が開いた。

「市之丞さん、聞こえていましたよ。誰が、どこの馬の骨とも知れぬ女なのです?」

鮮やかな、蘇芳色の小袖を着た雪こと由布姫である。

「こ、こ、これは雪さん、相変わらず美しい」

市之丞は、慌ててお世辞をいう。鼻の穴が膨らんでいるから、慌てていることは間違いない。

「心にもないことをいっても、だめです」

「あ、わわわ。いえ、本当です」

「それより、志津を知りませぬか。昨日から居場所がわからなくなったのです。市之丞さん、一緒ではなかったのですか?」

「志津さん?」

どうしたのか、と目を三角にして、

「かどわかしですか！　誰が、どこに連れて行ったのです。すぐ助けに行きましょう。身代金を、千太郎さん！　払ってください」

「なにをお前はいうておるのだ！」

千太郎は、膝立ちになって市之丞のそばに行くと、

「馬鹿者」

市之丞の額の上で指を弾いた。パチンという音がして、額が赤くなる。

「落ち着け」

「う……すみません。志津さんと聞いて、平常心を失いました」

「失いすぎです」

由布姫にまでいわれて、小さくなる市之丞だが、顔をしわくちゃにして、

「雪さん、どういうことです？」

「まだ、はっきりしたことはわかっていないのですが……」

雪こと由布姫が語ったのは、次のような内容だった。

屋敷に戻った由布姫は、しばらくしても志津が帰ってこないことに気がついた。

家臣たちに訊いても、志津の姿を見た者がいない。

志津は、由布姫直々《じきじき》の侍女なので、家臣たちもほかの腰元たちも、あまり気にかけていない。

もともと、由布姫自体が気ままな行動を取っているのだ。日頃の行動が、今回は仇《あだ》になったということなのかもしれない。

さっそく、由布姫は志津の実家に使いを出してみた。なにもいわずに、宿下がりするような志津ではないが、念のためであった。

しかし、家には帰っていないという返事。

まんじりともせず一夜を明かし、気になるところへ使いを出して、探してみたが、どこにもいないという返事だけであった。

そこで、由布姫が気になったのは、自分の命が狙われているという志津の言葉である。

ひょっとして、巻き込まれてしまったのではないか？

そう思って、千太郎に助けを求めて片岡屋に来たのであったが……。

由布姫は、自分が命を狙われていることは、伏せて、昨夜から店に戻っていない、と言い換えた。市之丞にはまだ、本当の身分を教えるわけにはいかないからだ。

「ということは、志津さんの姿が消えたということですね。神隠しにあったということですね」

「まさか。どこかにいます」

由布姫も、一度は神隠しかと疑ったことは、露とも見せずに、

「誰かにかどわかされたのではないかと、いまは、私も疑っています」

「そうでしょう。ですから、身代金を」

千太郎の顔を見ようとして、肩をすくめる。

「市之丞。お前は、梶山に行って身代金の話がくるかどうかを見張っておれ」

「はぁ……」

「いかがした」

「しかし、それより、戦いたいと思いまして」

「馬鹿者、相手がわからぬ」

「はい、そうですね、まずは、脅迫状を待ちます」

すっくと立ち上がると、市之丞は座敷から出ていった。由布姫が命を狙われている、と、千太郎を訪ねてきた目的は、あっさりと忘れてしまったらしい。

残った千太郎と由布姫は、深くため息をついて、目を見合わせる。

由布姫の目は、なにが起きているのかと訴えている。

「心配はいらない。私がついている」

「それはいいのですが、なにが起きているか、それがわからないのが不安です」

「雪さんの命を狙っている者がいる、と市之丞が伝えに来たのです」

「なんと、そこまでご存知で」

「私は千里眼なのだ」

「そのようです」

志津の姿がわからなくなり、さすがの由布姫も、沈んでいて戯《ざ》れ言《ごと》に反応もできないらしい。

「雪さん……命を狙っている一派の顔ぶれは予測できますか」

「じつは、それがまったく浮かんでこないのです」

「ううむ」

それは困った、と千太郎は顔をしかめた。

「祝言を邪魔しても、それが益になる者たちがいればわかりやすいのですが」

「まったくおらぬと？」

「家臣を使って調べさせてみましたが」

「陰に隠れてしまっているのでは？」

「……どうでしょう。調べさせた者に話を訊いてみますか？」

そこで、千太郎は困り顔をする。

「雪さん……私はあくまでも、片岡屋の目利き侍です。そのような者に会うわけにはいきません」

「……あぁ、そうでした」

「でも、身分を現してしまってもいいのなら……」

「……どうでしょう」

ふたりの目が交差する。

「やはり、まだ時期尚早ですね」

先に由布姫が肩を落とす。千太郎は黙っているが、気持ちは同じである。

ここで悩んでいても進展はない、と千太郎はいった。

「市之丞には、梶山に行ってもらったが、弥市親分には、志津の足取りを探してもらおう」

「親分なら、なんとか志津がどこに行ったのか、見つけてくれるかもしれませんね」

小さく千太郎は頷いたが、その目はほかのことを考えているようであった。

四

志津は、伊佐村という侍が食事を運んでくるのを待っていた。名前を聞いてから、まったく声はかけていない。伊佐村は志津の顔を見るたびに、なにかいいたそうにするが、無視を続けた。

そろそろ中食《ちゅうじき》の頃合いだろう。

耳を澄ますと、かすかに、水の音が聞こえてくる。鳥の声も大きい。

「あれは、都鳥《みやこどり》……」

大川を浅草から下って行くと、途中、都鳥で知られる場所がある。鳥の鳴き声がやたらと聞こえるところから。おそらくは、花川戸《はなかわど》から山之宿あたりだろうと推量してみた。

そのまま行くと浅茅《あさじ》が原《はら》に出るが、そこまで奥ではないだろう。

煙の匂いがするのは、今戸《いまど》あたりだからではないか。

「とすると、ここは今戸……」

志津は、ここにいることをなんとか、由布姫に伝えたいと思った。

それには、座敷から出なければいけない。

どう考えても、それは無理だ。

「でも……伊佐村を使ったら？」

自問自答する。

伊佐村藤次という侍は、志津に心を奪われているのは、明らかだ。初めて会ったときに、その気持ちは感じることができた。

なんとか、利用して、自分の居場所を外に伝えたい、と願う。

策を練ってみた結果、やはり、伊佐村の気持ちをうまく活用するのが、一番だと結論づけた。

可哀想だが、仕方がない。

廊下を誰かが進んでくる音が聞こえた。

伊佐村だろう、と思っていたが、違った。

「お佐奈さま……中食でござる」

鍵を開いて入ってきたのは、引間であった。

当てが外れた、と志津は残念そうな目つきで、引間を見つめる。

「そろそろ、本当のことをいってもらいましょうか」

「なにをです」

「そのおとぼけです。宝はどこにありますか」

「宝ですって？」

思わず、志津は問い返していた。まったく予知していない言葉が出てきたからだった。

「ほらほら、そのおとぼけ。いつの間にそのような術を手に入れられたものか」

「…………」

「お佐奈さまが、そのように町娘の格好をしているのは、町人のなかに紛れて、私たちの目から逃げようとする気だったのでしょう。しかし、ひとりで町中を歩いていたのは、油断でしたな」

「…………」

「佐伯《さえき》たちはいかがいたしましたか」

「知らぬ」

たまになにかをいわねば、疑われる。志津は言葉を絞り出した。

「……どうにも、本当のことをいう気持ちはなさそうですなぁ」

「伊佐村はいかがしました」

「ほっほほほ。奴のお佐奈さまへの気持ちを利用しようといたしましたな？　あの者は、いません」

「なんですって？」

「さきほど、放逐《ほうちく》いたしました。あれでは、使い物にならぬものですから」

「ううむ」

思わず、志津は唸っていた。

なんとか、伊佐村の気持ちを利用しようとしたのが、ばれていたらしい。伊佐村はそれほどまでに、自分へ思いを寄せていたのか、と驚きもあった。まさか、周りにそれを知られていたとは。

これでは、当分、ここから離れることはできそうにない。

志津は、顔を伏せた。

「本当のことをいいましょう」

「ほう、ようやくその気になられましたかな」

「私は、お佐奈さまではない」

「はぁ？」

引間の顔が、皮肉な笑いに変わる。なにを語りだしたのか、という目つきである。

「私は、お佐奈さまという姫ではない、と申しております」

「……まずは、中食をお食べになりなされ。話はそれからでもかまいませんからな」

わっはは、と大きな声で笑いながら、引間は下がっていった。

信じてもらえなかった……。

それほど、お佐奈さまとは生き写しなのだろうか。

引間が運んできた膳には、目を向ける気になれない。どんな食事が載っているのか、見る気もしなかった。

「市之丞さま……早く、助けに来てください……」

志津の口からは、そんな台詞しか出てこなかった。


弥市は、千太郎に頼まれて、いま山下の稲荷社周辺を探っている。志津が歩いた道を辿ってみようと思ったのだ。

問題は、志津が稲荷社を出てからどちらに向かったかだ。

弥市は、近辺の聞き込みを徹底的におこなった。ひとりでは無理があると、徳之助にも手伝ってもらった。

このようなときには、徳之助は役に立つ。なにしろ、女からいろんな話を聞くことができる。

志津が覚えていてもらえたのは、普段あまり女ひとりでは歩かない、寺が並んでいる通りを歩いていたからだった。

寛永寺のお山から、坂本町に向かう通りは、寺がずらりと並んでいる。墓参りの者しか歩かないような道筋だ。

そこをひとりで歩いていたのだから、目立っていた。

左手には、普門院《ふもんいん》、常照院《じょうしょういん》、顕性院《けんしょういん》……と続く。右側は、小さな武家屋敷や、役人長屋が続いている。

そのまま直進すれば、坂本町に出る。

聞き込みを、そのあたりに集中させたところ、志津らしき姿は、途中から消えていた。つまり、そこで誰かにかどわかされた、ということだ。

乗り物が一丁、それに数人の侍がついて歩いていた、と寺男からの聞き込みがあった。

寺男の名前は、洋平《ようへい》といった。

寺社奉行所になら話す、と最初は渋っていたのだが、弥市は、脅したり賺《すか》したりしながら訊き出したのだ。

昨日の、昼下がりのことだった、と洋平は答えた。

女がひとり、物思いに沈みながら前の通りを歩いていた。その後ろから数人の侍が歩いていることに気がついていた。

洋平は一度引っ込んだが、女の叫び声が聞こえたような気がして、寺門から出てみると、女の姿はなく一丁の乗り物が揺れていた。それに乗せられたのだろう、と洋平は考えた。

弥市は、さっそく千太郎に洋平の話を伝えた。

千太郎は、その乗り物はどちらに向かったのか、と問う。

「大川を下っていったのではないか、と」

「見当はつくかな？」

「さぁ、その寺男もどこに行ったかまでは見ていないようでした」

「行けばわかるかもしれぬな」

「どうでしょう」

目を細めて、弥市は首を傾げる。

「駕籠ではなく、乗り物といったのであろう？」

千太郎は、確かめた。

「へぇ」

「それなら、目立つ」

駕籠は、町駕籠などのことをいうが、武士の身分ある者などの駕籠は、乗り物と呼ぶのだ。町駕籠とは異なり、装飾などがあり、明らかに異なる。

「なるほど、誰か見た者がいるはずですね」

「おそらくな」

ふたりは、大川を下っていくことにした。

山下から、浅草寺を抜けて大川橋に出る。そこから、ふたりは、昨日、周囲の店に武家の乗り物を見なかったか訊きながら歩いた。

山之宿は、弥市の地元である。そのせいか、みな熱心に話を聞いてくれた。親分が困っているという伝令があちこちに伝わると、なかには、手伝ってくれる者まで出てきた。

「さすが、山之宿の親分。御利益があるものだ」

「そんなことはねぇですよ」

照れながらも、うれしそうな弥市に、ある職人が走ってやってきた。

今戸の近辺に来たところであった。

周囲の、今戸焼の窯《かま》から煙が登っているのが見える。

「今戸橋から登ったところの屋敷に、見慣れねぇ乗り物が入っていったという話を聞き込みましたぜ」

目つきの鋭い男だ。

「千太郎の旦那……こいつは、鳶の喜八《きはち》という野郎でして。弟子が大勢いるんです」

「ほう、それは頼もしい」

喜八は、にこりともせずに、千太郎に頭を下げてから、

「親分、あっしの手下たちが聞き込んできたんですがね。その乗り物から、若い娘が降りたそうです」

「これは、お手柄だ」

弥市は、懐から紙入れを取り出し、二朱金を渡すと、

「これで、みんなで一杯やってくれ。助かったぜ」

「なに、常日頃、親分にはお世話になってますからね」

喜八は、ていねいに千太郎にもおじぎをして、その場から離れていった。

「親分は、慕われておるのだな」

「そんなことはねぇです」

「おや、いやに殊勝ではないか」

「いつも、三白眼でいるわけではありませんや」

その言葉に、千太郎は大笑いする。

すぐ、そこの屋敷に行ってみましょう、と弥市は先に歩きだした。

都鳥が、鳴きながら飛び交っている。

「うるせぇくらいですねぇ」

文句を言いたそうに、弥市が睨みながら、歩く。

水面すれすれに飛ぶのは、小魚をすくいとっているらしい。飛んだ後には、小さな細波《さざなみ》が立っている。その後ろから、からすも飛んでいく。

川岸に植えられている木々は、枯れているので、どこか寂しさを感じさせるが、いまは、午《うま》の刻を過ぎたあたり。

昼の光が、枯れ木の姿を大川に映し、そばを都鳥が飛ぶ光景は、絵を見ているようでもあった。

五

志津は、驚いている。

「そなた……どうしたのです」

なんと、伊佐村が鍵をあけて座敷のなかに入り込んできたからである。

「見つかったら殺されるのではありませんか」

「そんなことは気になりません」

「しかし……」

「あなた様のほうが、ばれたら斬られてしまいます」

「なんですって？」

伊佐村は、少し悲しそうな目をして、

「お佐奈さまではありませんね」

「…………」

「最初から気がついていました。あ、ご心配なく、引間九四郎《きゅうしろう》は気がついていません。私だけです、贋者だと気がついたのは」

「まぁ……」

目が、どうして、ばらさなかったのか、と問うていた。

「あなた様に手を貸したかったからです」

「どうしてです」

「それをいわせますか？」

目が潤《うる》んでいる。目の奥には、志津が自分を利用しようと画策したことも含まれているようだった。

「すみません……」

謝ったのは、贋者を演じたことだけではなかった。

「いいのです。それより、ここから逃げましょう」

「しかし」

「いま、引間たちは、出かけています」

逃げたいのは、やまやまだが、それ以上に、知りたいことがあった。

「お佐奈さまとは、誰なのです」

「逃げてから話します。まずは、ここから脱出しましょう」

「鍵をどうして手に入れたのです」

「そんなことは、どうでもいいことでしょう。早く」

急ぐのは、当然だろう。

志津は、伊佐村の言葉に乗ることにした。拒否をする理由はなにもない。だが、本当に、この伊佐村という若侍を信用していいものだろうか。

心の内で自問するが、まずは逃げることができる、という事実が疑問を払拭《ふっしょく》した。

立ち上がると、手を伊佐村が伸ばしてきた。

「さぁ、早く。こちらです」

鍵をあけて、廊下を早足で進んでいく。

さほど広い屋敷ではなかったらしい。何度か廊下を曲がると、中庭のようなところに出た。

「ここを降りてください」

いわれるまま、志津は踏み石に置かれていた草履に足をかけた。

水の音が一段と高くなった。やはり、そばに川が流れていると確信する。

庭の裏扉から、外に出ることができた。煙が見えたということは、ここは今戸の周辺か？

急に光が目に当たり、痛い。

手で目を隠そうとすると、伊佐村が手ぬぐいを取り出した。

「これで、目隠しを」

「でも、それでは逃げることができません」

「私が手を引きますから、ご心配なく」

こうなったら、この若侍にたくすしかない。

覚悟を決めて、志津は手ぬぐいで、目を覆った。

それほど、遠くに逃げたわけではなかったらしい。

何度か、転びそうになりながら、ようやく、どこかの家に着いた雰囲気がした。

「もう、大丈夫です」

目隠しをはずされて、周囲を見た。やはり、大川沿いにある家のようだった。

さっきは逃げることにせいいっぱいで、どんな屋敷だったのか、はっきりとは見なかったが、いま目の前に立っているのは、どこかの寮のような造りだった。

「さぁ、入りましょう」

「誰の家なのです？」

「ご心配はいりません。私が懇意にしている人の寮です。少しの間、借りることができました。ここからは、夜になってから抜け出します」

昼は、どこで誰に会うかわからない、というのだ。

「できれば、いますぐ、上野の山下まで行きたいのですが」

実家のある十軒店《じゅっけんだな》軒に行くよりは、千太郎がいる片岡屋のほうが近い。それに、千太郎がいたら、敵が来ても戦うことができる。

「いまはやめたほうがいいでしょう」

「……そうですか。では、本当のことを教えてください」

はい、といって伊佐村は次のようなことを語った。

お佐奈というのは、ある地方のわずか一万一千石の姫さまだという。

世継ぎが生まれず、家は改易《かいえき》になってしまった。

だが、戦国時代から溜めていた、御用金があった。

それを、引間たちは、狙っているのだという。

「だけど、あの者たちが浪人には見えませんが」

「いまは、仕官しているのです。私も引間九四郎も同じ御家です。名前はご勘弁ください」

伊佐村は、頭を下げた。

「わかりました。でも、私はそのお佐奈さまに、似ているのですか」

「そうなのです」

そして、お願いがある、と伊佐村はじっと志津を見つめた。

「もう少し、お佐奈さまを演じてほしいのです」

「はて、どういうことです」

「これから、ある人に会わせます。ある老人です」

「誰なのです、そのかたは」

「私たちが仕《つか》えていた藩の家老だった男です」

「はい？」

「その男から、御用金の隠し場所を聞き出してほしいのです」

「意味がわかりません」

そんなつまらぬことに巻き込まれるのは、嫌だと志津は答えた。

「そのお気持ちは、重々わかります。ですが、それしか方策がないのです」

「なんの方策です」

「家老は、病に臥せっています。御用金の在り処を知っているのは、その者しかおらぬのです。いまのうちに聞き出しておかねば、そのまま埋もれてしまうのです。ですからぜひとも」

「お待ちください」

きつい言葉で遮った志津に、伊佐村は怪訝な目をする。

「その御用金をあなたはどうしようとしているのです」

「それは」

「なにか悪巧みの匂いがします」

「そんなことはありません。その金子《きんす》は、御家再興のために……」

「本物の、お佐奈さまはどこにいるのです？」

「それが、わかっていたらこんなことはしません」

「はて……おかしなものいいですね」

しまった、という顔をする伊佐村に、志津ははっとした。

「なにか、隠していませんか？」

「……いえ、そのようなことはありません」

「おかしいではありませんか。いまの言葉は……」

志津は、立ち上がってその場から逃げようとした、そのとき、

「失敗したな。馬鹿者」

なんと、入ってきたのは、引間九四郎であった。

「あなたは……」

「そうだ、引間九四郎だ」

思わず、志津は伊佐村を見た。それまで、純な雰囲気だったのが、いきなり悪人面に変わっていた。

「なんて、醜い」

ようするに、志津に懸想したふりをして、利用しようとしていたのだ。うまく騙そうとされていたのは、自分だった。

「なんて、汚い……」

「それは、お互いさまでしょう」

伊佐村が、皮肉な顔をする。

「ところで、志津どの……」

「私のことを知っていたのですか」

「もちろんです。あの社《やしろ》で若い侍と語らっていたのを聞いていましたから」

「はじめから、狙っていたのですか」

「そういうことになりますなぁ。なぜかと思っていますすね」

「もちろんです」

「それは、あなたが、お佐奈さまに似ているからですよ」

「似ているのは本当だったのですね」

引間はにやりと笑い、たまたまあの稲荷社に行ってみたら、志津がいて驚いた、と語る。

「お佐奈さまの居場所がなかなか見つからない。そこで、急遽、このような仕掛けを考えたということですね。こんなことがうまくいくわけがありません」

志津は、ふたりの顔を見ながら、決めつけた。

「それは、どうか。やってみなければ、わからぬではないか」

にんまりとしながら、引間は口を歪ませる。

志津は、吐き気がしてきた。

「私をこれからどうしようというのです」

「この伊佐村がいうたとおり、もう少し、お佐奈さまになっていてもらう」

「嫌といったらどうします」

「それは、いえませんよ」

「なぜです」

「命がなくなるからです」

「私を殺したら、お佐奈さまになる者が消えますよ」

「かまいません。もともと、あなたを見たから考えたことでね」

いないときは、それなりの策を練る、と笑いながら、

「まぁ、あなたがいたほうが楽ですがね」

立派ななりをしているわりには、考えることが意地汚いと志津がいうと、

「わはは、なんとでもいえ」

引間は、伊佐村を見ると、顎を振った。志津を見張っていろ、と命じたのだ。伊佐村は、はいと頭を下げる。

「そなたも、大変ですね」

嫌みをいう志津に、また伊佐村は悲しみとも、嘆きともなんともいえぬ目をする。

「その目に騙されました」

伊佐村は、答えない。

「志津どの……まぁ、出かけるまでゆるりとしておるがよい」

不遜な顔を見せて、引間は離れていった。

伊佐村は、しばらくここで、といいながら目をつぶりだした。

六

話は、志津がちょうど伊佐村と屋敷を逃げ出そうとしていたときに、遡《さかのぼ》る。

鳶の喜八に教えてもらった屋敷に、千太郎と弥市が着いたときのことだった。

「あれ？　あれは……」

弥市が、千太郎の袖を引っ張った。

「いかがした」

「あれは、志津さんじゃありませんかい？」

千太郎が、目を向けると、確かに志津である。

「手ぬぐいで、目隠しされています」

弥市は、小さく志津さん、と声をかけてみた。そばにいる若侍の顔を見て、剣呑な色合いの男だったからだ。こちらに気がつかれて、危険なことになったら困る。

小首を傾げたから、こちらに気がついたかと思ったが、そのまま、若い侍に手を引かれて、一緒に行ってしまった。

「どうしましょう」

「後をつけよう」

千太郎の言葉に、弥市は頷いた。

志津と若侍のふたりは、大川沿いを歩いていくが、やがてぐるりと回り込んでいく。止まった場所を見て、弥市は首を傾げる。

「ここは、さっき来た場所の裏手です」

「ううむ」

「おかしな話ですねぇ」

「なにか、裏がありそうだな」

「目隠しをされているので、志津さんは気がつきませんでしょう」

「それが目的であろうな」

あの若侍の目つきは気に入らねぇ、と弥市は呟いた。

「なんか、外道《げどう》の匂いがする野郎でした」

ふむ、と千太郎は懐手をしながら、

「とにかく、あの屋敷に潜り込もう」

「市之丞さんには、連絡しなくてもいいでしょうかね」

「あの者が来たら、簡単なことも面倒になるからよい」

薄笑いしながら弥市は、頷いた。

屋敷というよりは、どこぞお店者《たなもの》が持っている寮のような造りだ。周囲には、しもた屋ふうの建物が、数軒並んでいる。

町中のせいか、それほど、警戒している雰囲気はなかった。

志津が連れ込まれた家の持ち主は誰なのか、探ろうと弥市は、自身番を探し、訊《たず》ねてみた。

訊いてみると、ついひと月前までは、空き家だったらしい。

住んでいるのかどうかわからぬそうである。いつも人がいる様子ではない、とのことだった。

姿が見られるのは、四十くらいの侍と、二十歳くらいの若侍。

ふたりが、ときどき出入りしている、ということである。

外側は、板塀で囲まれている。

弥市が、ぐるりと回ってみると、松の木が、塀から通路側に枝が伸びているところがあった。

枝はそれほど太いとはいえないが、飛びついても折れはしないだろう。

家そのものは、せいぜい三部屋あるくらいか。それほど、大きなお屋敷という造りではない。

「なかになんとか入りたいですね」

弥市の言葉に、千太郎はあそこから入ろう、と指さした。千太郎が指した場所は、松の木ではなかった。

「なんだ……こんなところに潜り戸があったんですかい」

よく見ないからだと、千太郎は笑った。それは、確かに潜り戸ではあるが、板塀とほとんど見分けがつかないように造られていた。

「なにか意図を感じますねぇ」

ふむ、と千太郎は潜り戸の前で、なにかを考えているようだった。

「入らねぇんですかい？」

いや、入るといって千太郎は、戸に手をかけた。

だが、心張り棒がかかっているのか、なかなか開かない。押しても引いても、まったくうんともすんともいわない。

どうします？　と、弥市が訊いた。

よし、と千太郎はいって、策の二番目だ、と笑った。一番があったとは聞いてない。

千太郎は、戸から離れて入口に向かった。

また、とんでもない行動を取るのか、と弥市は首をすくめる。こういうときの千太郎は、突飛《とっぴ》な動きをする。

「正面から、乗り込むんですかい？」

「さすが、親分だ」

「へへ、相棒ですからね。どんなことを考えているか、すぐ気がつきますよ」

千太郎は、含み笑いで答え、

「行くぞ」

と、弥市を促した。

「あっしも一緒ですかい？」

「いうまでもない。親分がいなければ、私は二枚貝の一枚をとられたようなものだからな」

「よくわからねぇ例えですが、まぁ、お付き合いしましょう」

「では、行くぞ相棒」

えへへ、と喜びながら、弥市は十手を懐から取り出した。

千太郎はそこでもう一度、弥市の顔を見た。覚悟はいいか、という意味であった。

弥市の目はもちろんだ、と応じていた。

よし、という顔で千太郎は、すたすたと入口に向かっていった。弥市も続く。

千太郎は、いきなりがんがんと、入口の戸を叩いた。

なかから、慌てたような足音が聞こえてきた。

来たぞ、と千太郎はにやりと弥市を見た。

がたがたと、音を立てて戸が開いた。顔が見えた。侍だった。千太郎と弥市はその顔を見て志津に目隠しをしていた若侍だと気がついた。伊佐村籐次だ。

千太郎と弥市は目配せをした。

「なんだい?」

横柄な態度を取った伊佐村に対して、千太郎は、慇懃《いんぎん》に、

「お願いがありまして」

「…………?」

「こちらにおります、お女中にお会いしたいのだが」

「なんだって?」

訝しげな顔で、伊佐村は千太郎と弥市を見比べる。

「そっちは、岡っ引きだな?　町方の者が何用だ」

「ですから、こちらに連れて来られた女をな」

一歩、土間に入り込んだ千太郎に、伊佐村は驚く。

「助けに来たのだ！」

伊佐村を突き飛ばして、千太郎は、なかに踏み込んだ。

上がり框から、狭い部屋を通り過ぎて、がらりと襖を開いた。

「志津さん……」

そこに、志津が座っていた。

「なんだね、あんたは。無礼ではないか。他人の家に土足であがるとは」

渋い声で、侍が座っていた。

「ほい、これは失礼。だが、女をかどわかすほうがもっと無礼だと思うがな」

「なにぃ？」

応対しているのは、引間九四郎だ。がたがたと音が聞こえて、この部屋に戻ってきたらしい。渋面を作りながら、千太郎を上目で見ている。

「志津さん、帰ろう」

千太郎の顔を見て、満面の笑みを浮かべている志津は、

「はい。もちろんです」

そういって、立ち上がった。

と、引間が立ち上がり、千太郎が立っている場所と反対の戸を開いた。そこは狭いながら庭であった。

大きな声で、誰かを呼んでいるようだった。

人ががたがたと動き回る音が聞こえてきて、ぐるりと囲んでいた板塀の潜り戸から、数人の侍がばらばらと、入り込んできたのである。

志津が連れ込まれた裏手にある家から、こちらに入り込んできたのだ。

「なるほど、どうりで、警戒していないと思ったが、こういうことかい」

十手を構えながら、弥市が叫んだ。

ふん、と引間は薄笑いをしながら、手をさっと振った。まるで、武将が戦いの合図をするときのような格好だった。

それを合図に、敵が千太郎と弥市を取り囲んだ。

全員で、五人いた。ふたりで戦うには、やっかいな数だ。

狭い部屋だ。ふたりがなかに残り、あとは庭から睨みを利かせている。

「親分、志津さんを！」

へい、と弥市はすぐ志津のそばに寄った。

戦いが始まった。

部屋のなかでは、思うような動きができない。弥市が志津を入口のほうに連れ出すのを見た千太郎は、庭に降りた。

「ここなら、存分に戦えるであろう」

「やかましい」

五人のうち、ふたりの侍が弥市を追いかけていった。そっちが気になったが、弥市とて、十手捕り縄を持って、長年悪と戦ってきた猛者《もさ》だ。そうそう簡単に負けはしないだろう。

千太郎は、まずは目の前にいる三人に的を絞ることにした。

相手は、三人とも刀を抜いているが、それほどの腕ではなさそうだった。

「近頃の侍はへっぴり腰だのぉ」

わざと挑発すると、ひとりが飛び込んできた。千太郎は、あっさりとその刃を躱《かわ》して、とんと鳩尾《みぞおち》に当て身を入れた。簡単にひとりが倒れた。

それを見て、残りのふたりはお互い目を見合わせている。千太郎の強さに驚いているのだ。

それきり、動こうとしない。戦意も失っているようだった。

「わはは、それがいいそれがいい。余計な戦いなど無駄なことだ。命あっての物種《ものだね》だからな」

揶揄《やゆ》しながら、千太郎はまた縁側に上がって、

「おい、そこの四十侍」

「なんだと？」

じろりと睨み返してくる。

「名を知らぬからな。歳で呼んであげた」

「む……ちゃんと引間九四郎という名がある」

「では、九ちゃん」

「なにぃ？」

「引間というくらいだから、引き際をわきまえたほうがいいぞ」

「やかましい！　伊佐村！　どうした！」

伊佐村藤次は、弥市を追いかけているはずだ。

「こっちに戻ってこい！」

千太郎にぶつける気らしい。

「ほう、伊佐村というのは、先ほどのおにぃちゃんかな」

「…………」

「四十侍と若侍か。いい取り合わせである」

「おぬし、何者だ」

目が怪訝そうに千太郎に向けられている。戦おうとする気持ちがまるで見えてこない千太郎に、どう対処したらいいのか、考えているらしい。

「私か？　山下の片岡屋で、書画骨董、刀剣などの目利きをしている者だ」

「目利き？」

「そうだ。姓は、目、名は、利き」

「馬鹿にするか」

普段は、冷静な引間も、さすがに千太郎のふざけた態度に怒った。

七

表に出ろ、と引間は叫びながら、羽織を脱ぎ捨てた。ふわりと畳の上に、高価そうな羽織が翻《ひるがえ》る。

「もったいない」

「なにぃ？」

「羽織を作った者たちに対して、失礼ではないかな」

「やかましい！」

ささっと走って、入り口から外に出ると、弥市が、ふたりの侍と対峙しているところだった。伊佐村は、少し離れて形勢を測っているようだった。

侍のほうも、弥市が十手を構えている姿を見て、うかつには飛び込めないと思っている節《ふし》が見える。三すくみのようになっているのだ。

そこに引間が出てきたので、三すくみが壊れた。

庭にいたふたりも、逃げるわけにもいかなかったらしい。顔を見せる。

「ほう、これで顔ぶれがそろったわけか」

のんびりと千太郎が見回した。

伊佐村は、じっと志津を見つめている。志津は目を合わせようとしない。ふたりの間に起きたことを、千太郎も弥市も知らない。

引間は、しずかに刀を抜いて、千太郎の前に立った。

「おぬしのそのおかしな雰囲気にのまれそうになるが、ここで負けてはいかぬからな」

不敵な顔で、青眼に構えた。

周りは、野原である。冷たい風がふたりを包んでいる。

志津は、寒そうに体を震わせている。

伊佐村が、ささっと志津のそばに寄り始めた。弥市が、その前を塞ごうとすると、

「勘違いするな」

弥市を突き飛ばして、なんと志津の体に自分が着ていた分厚い綿入れをかけたのだ。

志津の体がぴくりと動いた。

「なにをする気です」

「寒そうでしたから」

「あなたのお情けなど受けたくありません」

かけられた綿入れを脱ごうとするのを、伊佐村は止めて、

「私がしたことは、失礼なことです。でも、それとこれは違います」

「同じです。嫌な人のぬくもりなど感じたくありません」

このやろう、と弥市が、伊佐村の脳天を叩こうとして、十手を振り上げた。

だが、それもあっさりと叩き落とされた。

「私があたなに心を奪われたのは、本当のことです」

志津の体に近づいて、伊佐村はいった。

「いまさら、なにをいうのです」

志津は、背中を向けた。

「では、これで信じていただけますか」

そういうと、伊佐村はいきなり、敵のなかに飛び込んでいくと、弥市を囲んでいた侍を、あっという間に、倒してしまったのである。

志津は、目を見開いた。

「これで、わかっていただけましたか」

「わかりません。また、裏切るのでしょう。その手には乗りません」

「…………」

伊佐村の顔が歪んだ。

「ここまでしても……」

「あなた自身がそうさせたのです」

「しかし、あれは策だった。でも、いまは後悔しているのです」

背中に向かって話しかける伊佐村に、弥市は面倒になってきたらしい。

「やい、てめぇ、なにをごちゃごちゃいってるんだい。本気で助ける気があるなら、あっちもやっつけてしまってくれ。そうしたら、志津さんも信用するだろうぜ」

弥市の顔をじっと見た伊佐村は、よし、といって刀を抜くと、ふたりのところに進んでいった。

「な、な、なんだ伊佐村、お前……裏切るのか」

「自分の気持ちを止めることはできん」

ばかな、と呟いたのは、引間だった。

「なんだか、おかしなことになってきたなぁ」

あくまでものんびりした声音の千太郎である。

「まったく、近頃の若い者は、これだから困る」

いいざま、引間は千太郎に飛びかかった。だが、見た目ほど腕はなかった。

「おっと、それでは人は斬れぬ」

切っ先を一寸の間ではずした千太郎は、一度横に薙《な》ぎながら、さらに袈裟に斬り付けた。すぐ逆手《さかて》で刀を納める。

「これで、勘弁してやる。目付《めつけ》に渡すから、そこで、どうしてこのようなことをしたのか、きちんと話すのだ」

引間はなんのことか、という顔をして、ふと頭に手をやった。

「あ！　これは……」

髷が落ちていたのだった。

戦いはそれだけでは、終わらなかった。

「くそ！」

後ろから、伊佐村が斬り付けてきたからだ。

「なんだ、お前は。志津さんにあんなことをいって、やはり、嘘だったのだな」

「こうなったら、おぬしを斬る。全員斬る。そうして、あの人を自分のものにする」

「ばかな」

伊佐村の顔は、なにかにとり憑《つ》かれたようになっていた。

「落ち着け。お前はまだ若いではないか」

なんとか諭《さと》そうとする千太郎の言葉は、耳に入らないらしい。

目が吊り上がってしまった伊佐村を、さすがの千太郎も、うまく捌くことはできないでいる。

じりじりと足を動かして、伊佐村は千太郎に近づいた。

「がぁ！」

獣のような叫びを上げて、伊佐村は飛びかかってきた。引間よりその剣筋は鋭かった。寸の間で躱した千太郎は、下段に構えた。

気が逸《はや》っている伊佐村は、その意図が見えなかったらしい。

また、伊佐村が突っかかってきた。伊佐村の体が、千太郎の前に来たとき、

「それ！」

下段から、いきなり片手になり、左手を伸ばしたのだ。

「う……」

切っ先が、伊佐村の喉の前で、止まっていた。

「これで動けまい。少しでも動いたら、切っ先がお前の喉仏に穴をあけるぞ」

「……………」

ちらりと目を移動させて、引間を牽制した。

「こちらに来て、ふたりで並ぶのだ」

威厳のあるその態度に、ついふたりは、いわれたとおりにする。

「夢を見たのだな。そうとしか思えぬ。なにが目的だったのか、それは私にはわからぬが……よいか。ふたりとも、おとなしく縛《ばく》について再起を図《はか》れ。その約束ができるか」

ふたりは頭を下げている。

「聞き分けがよいな」

といった瞬間だった。伊佐村が、脇差を抜いて千太郎に飛びかかった。

「馬鹿者！」

千太郎の鐺《こじり》が、伊佐村の喉を潰した。伊佐村はその場に倒れて、転がり回っている。

それを見て、

「終わった……」

引間が呟いた。同時に、ほかの侍たちも、肩を落として戦意を喪失している。

八

志津が戻って、二日のこと——。

片岡屋に、千太郎、由布姫、志津、市之丞が集まっていた。

由布姫が家臣たちを使って調べたところ、引間たちがどこぞに仕官している、というのは嘘だったらしい。ただ、御用金の件は本当で、元の家老だけがその在り処を知っていたらしいのだった。

お佐奈さまという姫は、いまだにどこにいるのか判明していない、という。

おそらく、自分が表に出ることで、隠し金を探そうとする輩《やから》が出てくるのを避けているのだろう、と千太郎は推量した。

弥市は、見廻りに出ているので、いまはいない。

「それにしても、無事でよかった」

真っ赤な顔をしながら、市之丞が志津を見つめているのだが、志津はどこか浮かない顔をしていた。

「どうしたのです。助かったというのに」

はい、と頭を垂れながら、千太郎を見た。

「うむ……それは、まぁ、いろいろあったのだからのぉ」

伊佐村のことを考えているのだろう、と千太郎は志津を見つめた。

「あまり気にすることはない」

「はい」

ふたりの会話の内容がまったくわからず、市之丞は気になって仕方がない。千太郎も志津もなにがあったのか、はっきり教えてくれない、とふてくされているのだった。

市之丞の機嫌を直そうとしたのか、志津が少し散策でもしますか、と声をかけた。

もちろん、と市之丞は答えて、ふたりは片岡屋から出ていった。

ふたりになった由布姫は、千太郎のそばまで寄って、

「なにか、不思議な事件でしたね」

「改易になって、路頭に迷う者たちは、なにをするかわからぬなぁ」

「できるだけ、そんなことにはならないようにいたしましょう」

自分たちの御家では、家臣たちを大事にしよう、といっているのだ。

「ふむ……」

千太郎も、その思いは同じだった。だが、顔は沈んでいる。

「どうしたのです？　事件は一応、解決したのです。志津も戻ってまいりました。それなのに……」

「気になるのだ」

「なにがです？」

「噂だ」

「はて」

「あるところに、由布姫という姫がいる」

「………」

「その姫が、命を狙われているという噂を聞いた」

「まぁ……」

「ただの噂だけならよいが」

「では、私が聞いた噂も」

悪戯ぽい目で、由布姫は話しだす。

「そのある姫には、ある許婚《いいなずけ》の若殿がいらっしゃると聞きました」

「ほう」

「そのかたは、めっぽう腕が立ち、その姫が危なくなったら、必ず助けてくれる、とのことですが、いかが？」

「わっはは。なるほど、なるほど」

「ですから、その姫は、あまり心配しておらぬとのことですよ」

「ううむ」

腕を組んだ千太郎に、由布姫がそっと肩を寄せた。

ふたりのぬくもりが、お互いの体を、春に変えていた。

第四話　化かし合い

一

江戸は桜の季節を目の前にしていた。

といっても、まだ風は肌寒い。それでも、気の早い江戸っ子のなかには、まだ、つぼみだというのに、酒を持って隅田堤《すみだづつみ》を闊歩《かっぽ》している者がいる。

そんな肌寒いせいか、酔いはすぐ抜ける。そのために、がんがん飲む。

やがて、喧嘩が始まり、けがをする者まで出てくる始末。

火事と喧嘩は、江戸の華《はな》。誰も、やめろとはいわない。

それより、もっとやれ、それそこだ、蹴飛ばしてやれ、踏んづけろ、と周りのほうがやかましい。

弥市はご用聞きだが、そのような喧嘩を止めに入るような野暮《やぼ》なことはしない。死人が出るほどでは困るが、頭にこぶを作る程度の喧嘩は、黙って見過ごすのが、人情ってものだ。

山之宿から、浅草、両国界隈まで縄張りの足を伸ばして、弥市はいまや、岡っ引きとしては、いい顔になっている。

だから、不忍池《しのばずのいけ》界隈を見廻りしながら、あちこちから声をかけられていた。

普通なら、これだけ顔役になると、子分のひとりやふたりは持つものだが、弥市は、ひとりでよかった。

その代わり、徳之助という密偵をときどき使っている。

さらに、もうひとり。

いわば、弥市の懐刀《ふところがたな》がいる。

片岡屋の目利き、千太郎だ。

どこからやってきたものか、身元ははっきりしない。

それだけではない。なにしろ、自分のことを憶えていないというのだから、変わっている。付き合い始めた当初は、疑わしいと思っていたが、いまではそんなことはどうでもよくなっていた。

なにしろ、千太郎がいるおかげで、弥市は手柄を立てることができる。

今日も、千太郎の顔でも見に行こうか、と下谷の広小路から山下に向かって歩いているのだった。

千太郎は気まぐれで、屋敷から家老の佐原源兵衛の目を盗んで夜逃げをしたのだが、いまは町家の暮らしが気に入っている。

由布姫という許婚と祝言を挙げなければいけない時期は迫っている。だが、そんなことも気にせずに暮らしていけるのは、当の由布姫が、雪と名乗ってどこぞの娘として振る舞っているからだった。

いつものごとく、片岡屋の離れには、由布姫が座っている。

春らしく朱色の小袖には小紋の桜が散っていた。頭には、銀色の簪がちらちらと揺れていた。

なにを話しているのか、談笑するふたりの声が華やいでいる。

弥市が片岡屋に着いたのは、そんなときだった。慣れた手つきで、がらりと襖を開いて、座敷に入り、どんと千太郎の前に座る姿も、自信に溢れているように見えた。

「なにか面白いことでもありましたか？」

楽しいことなら自分も話に入れてもらおうという顔である。

「なに、雪さんが見合いでもしようか、というのだ」

千太郎が、にやにやしながら答えた。

「え！　本当ですかい！」

本気にしたらしい。驚き顔で、弥市は千太郎と由布姫を、代わる代わる見回した。

だが、

「ち、担《かつ》がれたのか」

と、すぐ気がついた。

千太郎は、かっかと笑って、

「さすが、近頃評判の親分だ。すぐ嘘がばれた」

評判といわれて、弥市は照れながら、

「旦那のにやけた目を見てわからないほうが、まぬけでしょう」

千太郎は、苦笑する。

ふたりのやり取りをにんまりしながら聞いていた由布姫が、ため息をつきながらも、半分楽しんでいるようでもある。

「一番、おかしな事件が起きるのを待っているのは、雪さんじゃありませんかい？」

弥市が、皮肉な言葉を浴びせると、

「あら、よくおわかりで」

しれっとして、そんな返事をする由布姫である。

千太郎は、またかっかと笑う。

「しかし、雪さん、顔にはなにか事件が起きた、と書かれていますが、なにか揉め事でも起きましたかな？」

「おや、さすが千太郎さん、正月ボケはしていませんね」

「正月の話など。もうとっくに過ぎてますよ」

そういって、また冗談にまともに答えてしまった、と苦笑する。どうも、このふたりは、弥市をからかうのが好きらしい。

「雪さん、どんな話です？」

また、手柄が立てられると思っているのである。

「じっくり聞かせてもらいましょう」

十手を取り出して、ぐいとしごいた。

由布姫の顔がきりりと締まった。

「こんなことがあったのです……」

顔を少しだけしかめながら、由布姫は語り始めた。

二

つい三日前、駿河町《するがちょう》を日本橋本町にある酒屋、三河屋《みかわや》の娘、お路《みち》が、供の八助《やすけ》と歩いていた。

着飾った娘たちがそぞろ歩く駿河町界隈は、賑わっている。人の波は途切れず、掏《す》摸《り》などは書き入れ時である。

それだというのに、お路はときどき、急に止まったり、右に向かったり、左に向かったりと予測させない動きをする。ふと姿が消えたと思ったら、ひとりで買い物をしていたりと、八助は気が気ではなかった。

こんなところではぐれてしまったら、見つけるのは、簡単ではない。そんなことになったら、旦那さまにどれだけどやされることか。

「お嬢さん、ひと声かけてからお店に入ってください」

五十歳になろうという八助だが、まだ体は矍鑠《かくしやく》としている。だから、主人が、お路の供につけたのだ。

だが、お路はどうにもその役目を邪魔と思っている節《ふし》があった。

目を皿にしながら、お路の後ろを歩く八助は、必死である。

だが、人混みのなか、早足で歩くお路を追いかけるのは、けっこう骨が折れる。

と――。

いきなり、後ろからどんと誰かに背中を突かれて、八助はたたらをふんだ。

「なにするんでぇ！」

叫んだが、後の祭り。

背中を押した男は、すでに人混みのなかをすいすいと進んでいき、見えたのは、後ろ姿だけだった。

「ひでぇことをしやがる」

ひとりごちながら、ふと目を前に向けた。

「しまった！」

お路がいない。きょろきょろと周囲を見回しながら、人混みをかき分けて進んだが、どこにもその姿は見つからない。

大変なことになった、と八助はそれから半刻以上探し回ったのだが、お路と出会うことはなかった。

家に帰っているようにと願いながら、本町に戻ったときは、一刻は過ぎていた。

八助の祈りは通じなかった。

お路は帰っていなかったのである。

八助は、あのとき後ろから背中を押した野郎が怪しい、と主人の三河屋兼五郎《けんごろう》に訴えたが、

「そんな言い訳はいらない。お前を首にしたいが、事情を知っているから、そうもいかない。なんとか探し出しなさい！」

と放り出されたのであった。

途方に暮れた八助は、十軒店にある人形店の娘志津の両親に相談をした。志津とお路は幼なじみである。そこで、志津を経由して、由布姫に話が伝わったのである。

志津は、いま由布姫の屋敷を抜け出すことができずにいる。由布姫が病と称して屋敷にいることにしているからだった。

千太郎にしても、由布姫にしてもその身分を隠しながら江戸の町に出てくるのだから、面倒が多いのだ。

話を聞いた由布姫は、さっそく片岡屋を訪ねた、というのである。

黙って聞いていた弥市は、若い女にありがちな話だ、と薄笑いをする。男と会っているのではないか、と揶揄するが、

「それならそれでもいいのですよ。親としては、どこにいるのか、それを知りたいのでしょうねぇ」

「ですが、雪さん……そのお路さんが姿を消してから、どれだけの日数がたっているんです？　まだ三日だ。大騒ぎする必要はねぇんじゃありませんかねぇ」

桜の季節を目の前にして、若い娘としてははしゃいで、普段とは異なる行動を取っているのではないか、と弥市はいう。

「それだけならいいんですが……」

ふむ、といって千太郎が口を開いた。

「身代金の要求など、脅迫状でも届いたのかな」

「私が聞いたなかでは、それはまだないようです。でも、ご両親の気持ちを考えてあげてくださいよ」

おやぁ？　という顔で弥市は、十手をしごきながら、

「雪さん、やたら親のことを持ち出しますねぇ。ご自分が親になったときのことでも想像していやすかい？」

目を細めながら、千太郎と由布姫のふたりを見比べた。ふたりが仲がいいのは、いま始まったことではない。さらに、ふたりの間がますます進んでいるのか、と訊きた

そうな目つきである。

「なにをいいたいのですか」

由布姫は軽くいなして、

「確かに脅迫状は来ていませんが……」

「だったら、話は決まった。たいして面白くもねぇ。娘っ子の突っ走りってやつですよ」

「どうしてもただの思いつきにしたいらしいですねぇ」

由布姫は、苦笑する。

「それならそれで、はっきりさせたいのだと思いますよ」

千太郎も、由布姫の言葉に頷きながら、

「どうだ親分。ちと朝餉《あさげ》が腹に溜まっている。その腹ごなしに調べてみては」

「千太郎の旦那がそういうのなら」

「よし、では決まった」

立ち上がった千太郎に、由布姫が続いた。

まずは、お路の店に行ってみよう、と千太郎はいう。

お路の店、三河屋は、日本橋本町二丁目にある。このあたりも人通りの多い場所だ。金持ちであることは間違いないだろう。

お路の父親、兼五郎は、千太郎と由布姫が訪ねると、腰を曲げるほど急ぎながら出てきた。

お路の居場所を探してくれ、とすがりつくほどである。

「なんとかしたいとは思っていますが……」

由布姫が兼五郎の手を取って、撫でながら、

「お路さんのことを教えてください。これまで、なにか家を出て行きたいなどというようなことをいったりはしませんでしたか？」

兼五郎は、そのようなことは覚えがない、と首を振った。

「祝言を挙げる予定があったと聞いてますが」

「確かに、ありました。でも、それが嫌だという話は聞いたことがありません」

「お訊きしにくいことなのですが」

ちょっと困った顔で、由布姫が問う。

「誰か、ほかの男の人と付き合っていたという話を聞きました」

「あぁ、留三郎《とめさぶろう》のことでしょう。あの男とは、きちんと別れたといってましたから

……そうか、あの男がかどわかしたのか！」

立ち上がって、どこかに行こうとするのを、千太郎が止めて、

「まぁまぁ、座って。もう少し、考えてみましょう」

兼五郎は、しぶしぶ座った。

そこに、さわやかな声が聞こえた。

いつの間に来ていたのか、色の白い浪人が部屋の隅に立っていた。兼五郎が、笑みを浮かべる。

「石下《いしげ》さん、お路のことを調べてくれるかたがたです」

石下と呼ばれた浪人は、色の白さに加えて、赤い唇をしていた。

「親分さん、石下井十郎《いじゅうろう》さんです。うちの用心棒のようなことをしていただいています」

「あまり役に立っておらぬがなぁ」

のんびりと、石下は答えた。一本刀の落とし差しは、白い顔には似合わない。

「お路さんの居場所がわかったのかな？」

弥市に訊きながらも、千太郎の存在が気になるのだろう、喉をかきながら、

「おぬしは、町方とは違うようだが」

「これは、失礼いたした。山下の片岡屋というところで、目利きをしておる、千太郎と申す者。お見知り置きを」

「千太郎？　姓は？」

「姓が、千、名が太郎だ」

「……ふうん。とぼけた侍であるなぁ。目利きなどをやる者は、もっと砕けた格好をしているものと思っていたが」

「いや、申し訳ない」

のんびりした千太郎の応対に、石下は、眉根を寄せた。

「そうだ、石下さんも、ご一緒にお路を探していただけませんか」

兼五郎が、いいことを思いついたという顔をした。

「しかし、私は町方ではないからなぁ。邪魔になっては困る」

殊勝な返事をした石下だが、面白そうだと顔に書いてある。

「それも、いいのではないか、親分の意見はどうだ」

賛同したのは、なんと千太郎だった。そういわれると、弥市に反対する理由はない。

「いいでしょう。ただし、邪魔はしねぇでくだせぇよ」

「わかっておる。いやこれは、楽しみになってきたぞ。探索をどのようにするのか、その現場が見られるのだからなぁ」

喉をかきながら、にやりと笑った。

その前に、と弥市はお路と一緒にいた八助を呼んでもらった。お路が消えたときの話を訊こうとしたのだが、自分の失敗でした、というばかりで、話にならない。そのときのことを訊いても、わかりません、わかりません、と涙を流さんばかりに答えるだけ。

結局、なにも聞けずに終わってしまった。

千太郎は、八助に現場に案内をするように頼んだ。

用心棒の石下を伴って、一行は駿河町に向かった。石下は、ぶらぶらとまるで物見遊山のような顔でついてくる。本気でお路を探そうとしているのかどうか、怪しいものだ、と弥市は呟いた。

聞こえているはずだが、石下はまったく頓着しない。

「現場はどこだ」

千太郎が弥市に、問うた。

「ちょっと待ってくだせぇ。あっしが持ち込んだ話ではありませんですよ」

「ほい、これはしまった」

本当にしまったとは思っていないような顔つきで、由布姫に視線を送る。

「まぁまぁ、千太郎さんらしいですねぇ。現場というのは、どこをいえばいいんです？」

「お路という娘さんが消えた場所だ」

「ですから、その駿河町に向かってるんですよ」

「おう、そうであったな」

本気で答えているのか、冗談なのか、相変わらず見分けがつかない。

三

駿河町の賑わいを見て、千太郎は思わず、

「ほう、これはすばらしい」

大きな声を上げた。きょろきょろとあちこち見回し、まるでお上《のぼ》りさんである。そんな姿を見た店の前に立っていた小僧が、そこのいい男っ！　と呼び声をかける。

ほい、なんだね、などと千太郎は楽しそうだ。

弥市は、千太郎がふざけているとしか思えない。

「いまさら、なにをいってるんです？　初めて来たわけじゃねぇでしょう」

目を光らせて、掏摸の顔を見分けようとしているのだろう、弥市は、千太郎の興奮など気にしない。

「人の多さなどではない。あれだ」

指さした先には、冠雪姿も美しい富士山が、座っていたのだった。

「あぁ、あれですか」

さすがに弥市も頬を緩めた。

まっすぐに伸びた駿河町の通りの真ん中に、富士のお山がそびえている。その前を、着飾った娘たちが、そちこちに歩く姿が映えている。

「春の娘はきれいに見える」

思わず、千太郎は、おっと声を上げて、

「いや、そのなかでも雪さんの美しさは、際立っておるぞ」

「…………」

雪の顔はぴくりとも動かない。わざと知らぬふりをしているのだ。そばで、石下は、なにを馬鹿な話をしている、という目つきを飛ばしている。だが、邪魔をする気はないらしい。

千太郎は、言葉を繋ぐ。

「その顔は、どうしたことかな？　私がいい加減な言葉を吐いたと思っているのではあるまい？」

「どうですかねぇ」

また、ふたりの戯れ合いが始まるのか、と弥市は、間に入る。

「ちょっと、待った」

大仰《おおぎょう》に大手を開いて、ふたりの前に立った。

「なんだ、これからいいところなのに」

「それが困るんでさぁ」

「はん？」

「いまは、消えたお路に気を向けてくだせぇ」

「そうであったな」

あっさりと千太郎は、弥市のことばに頷きながらも、ふたたび富士山を眺めていると、

「あら？」

由布姫が、首を傾げた。

った。

「いかがした」

由布姫は、眉をひそめると、ちょっとここで待っていてください、といって千太郎のそばから離れていく。どうしたのだ、と問いかけようとしたが、由布姫の足は速かった。

「じゃぁ、八助さん、お路さんとはぐれた場所を教えてもらおうかい」

と弥市は十手を取り出した。

白髪頭を振りながら、八助は周囲を見回した。紺色ののれんがはためいている店を眺めると、

「こちらです」

駿河町の四つ辻の前まで進んで、そこを右の路地に入った。

「確か、このあたりだと……」

駿河町周辺は、日本橋界隈でも有数な人の集まる場所だ。三井《みつい》呉服店が、以前、越《えち》後屋《ごや》の屋号で現金掛け売りなしをうたい文句に人気を博して、あっという間に江戸の町を席巻《せっけん》した。

したがって、周囲は三井呉服店が並んでいるのだが、そこからはずれたところの路地に入ると、人が極端に少なくなる。

「この路地に入っていったのかい」

「いえ、入る前だったと思います」

「思います？」

「いえ、確かにそこでした」

本当だな、と弥市は鋭い目で八助を睨みつけた。

八助は、間違いないと何度も頷いている。

「もう少し、詳しく説明してくれ」

わざと十手を見せびらかす弥市に、八助は、頬を歪めながらも、

「間違いありません。このあたりを歩いているときに、お嬢さんがいきなり早足になりました」

「そのとき、おめぇさんは？」

「もちろん、後ろについていました」

「すぐ見失ったのかい」

「いえ、そこの路地に入るまでは、後についていました。ですが、いきなり後ろから背中を押されて……」

「転んだんだな」

「前屈みになって、そのまま進んでいったのです」

「それで、見失ったと？」

「気がついたら、お嬢さんの姿は、見えなくなっていました」

「路地に入ったのは見えたのかい」

「それも、わかりません」

「後ろからどついた男の顔や、体つきなどは？」

「まったく見ていません。そんな暇もありませんでしたから」

「ようするに、なにもわからねぇと、そういうことかい」

はぁ、と八助は申し訳ない、という顔を見せたが、弥市はまだ追及の手を緩めようとはしない。

「周りに怪しい野郎とか、女とか、そんな連中に気がついたことはなかったのか」

「さぁ、私にはさっぱり、そこまで気が回りませんでした」

「お供の役目を果たせねぇ野郎だ」

沈んだ顔をしながら、八助は、千太郎に目を向ける。助けを乞うような表情をしている。

半分、笑いながら石下が助け舟を出す。

「親分、まぁまぁお手柔らかに。取りあえずは、この路地に入ったのであろうよ」

「どうですかねぇ」

弥市は、どうにもこの用心棒が嫌いらしい。

「お路には、隠れた男などはいたのかな」

千太郎に訊かれて、八助は、いきなりおどおどし始めた。

「その顔は、いたらしい」

弥市が、十手を突き出して、

「やい、しっかり答えねぇと、おめぇも科《とが》を受けることになるぜ」

「それは困ります……」

「だったら、きちんと説明しろい！」

すると、石下が八助は言い難いだろうから、私がといって話しだした。

「お嬢さんには、このところ縁談があったのだ。相手は、本町の金物屋で、津島屋《つしまや》という。そこの若旦那、志乃助《しのすけ》が、お嬢さんに一目ぼれをしたとかで、話を持ち込まれていたのだ」

「その志乃助が隠れた男だと？」

「いやいや、お嬢さんは、縁談には乗り気ではなかったのだ」

父親の言葉とは異なっている。弥市は小首を傾げて、

「男がいると?」

「留三郎という男だ」

「何者です、それは」

「よく知らぬが、日本橋の長屋に住んでいて、あまり評判のよくない男らしいとのことだ。どこで出会ったのかは知らぬが、とにかく、一時、その男に入れ揚げていた、という。それが親に知られて、そんな半端者と付き合うのは、やめろと仲を裂かれたわけだな」

留三郎が簡単に引き下がるわけがない。そこで、父親はなにがしかの金を渡したのではないか、と石下はいう。

「野郎は、最初からその金を狙っていたんじゃねぇかなぁ」

疑い深い弥市の言葉に、八助が同調した。

「あっしも、途中からそう見ていました。ですが、お嬢さんが入れ込んでいるのを見て、なかなかやめたほうがいいとはいえませんので」

と、そこに由布姫が、若い男を連れて戻ってきた。

「おや、雪さん、誰だねその男は」

「じつは、片岡屋に行く前にこの男が私に声をかけてきたことがあったんです」

「ほう……」

由布姫の話はこうだ。

数日前のこと、本町二丁目を歩いているときだった。由布姫は、お路さんのお友達ですか？　と声をかけられた。由布姫は、知らないと答えた。

すると男は、それは失礼、といって姿を消した。

そのときは、お路という名は知らなかったので、そのままにしていたのだが、いま考えると、お路と志津は幼なじみで仲良しでもある。志津と由布姫は普段は一緒にいることが多い。つまり男は、由布姫をお路の友達と間違えたのではないか、と思えた。

お路の姿が消えたと聞いて、ずっと気になっていたという。

さっき、その男を見かけたので、追いかけて引っつかんできた、というのである。

由布姫にがっしりと首根っこを押さえられている男は、なにしやがるんでぇ、といきまいているが、急所を押さえられているために、逃げることはできない。

四

「お前、名前はなんです」

由布姫が訊いた。千太郎は、じっと男の顔を覗き込んでいる。石下が男の後ろに回った。逃げ道を塞いだのだ。その動きを見て、千太郎は、おやっ？　という顔をする。

この用心棒、見た目とは異なり、なかなかの者、と見たのだ。

そんな目線を石下は感じているのか、ふっと笑みを千太郎に送る。

「早く、答えなさい」

いらいらしながら、由布姫が重ねて問う。

「ち……偉そうに……」

「私をお路さんの知り合いと間違えましたね」

「知らねぇなぁ」

「これでも、忘れましたか」

ぎゅっと男の逆手を取って、由布姫は捻り上げた。

「いてて、わかった、わかったよ。拾ったんだ」

「拾った？　なにをです」

「お路と書いてある紙入れだ」

「それを返そうとしたと？　せっかく拾ったものを？」

「お路さんといえば、このあたりじゃ、大店の娘さんと知られている。拾ったものを返したら、そのお礼にもっとくれるんじゃねぇか、でなければ、出入りを許されるんじゃねぇかと思ったからで、それ以外の気持ちはねぇよ」

「本当ですか？」

男は、おそらく二十歳前後だろう。遊び人には見えないから、職は持っているように感じられた。

「出入りができるとは？」

「あっしは、建具屋なんだ。だから、普請《ふしん》のときでも使ってもらったら、と思っただけでさぁ」

「塒《ねぐら》はどこだ、名前は、ひとり暮らしかい！」

弥市が、矢継ぎ早に問い質した。

「名は、四郎吉《しろきち》。住んでるのは、愛宕下《あたごした》でひとり暮らしだ。文句あるかい」

「てめぇ、そんな態度を取っていると、そのうち痛い目に遭うぞ」

十手をぐいと四郎吉の胸に突き当てた。十手の先が押し込まれて痛いのだろう、四郎吉は顔をしかめて、

「わかった、わかった。だからやめてくれ、放してくれ」

「その拾った紙入れとやらは、いまどこにある」

今度は喉をかきながら、石下が訊いた。

「持ってますよ。お路さんといつ会うかわかりませんからねぇ」

こずるそうに四郎吉は、えへへ、と笑った。

見せろ、と弥市がいうと、四郎吉は懐から紅色の紙入れを取り出した。

「おう、それは、確かにお路さんの持ち物だ」

石下が、お路が持っているところを見たことがある、間違いない、と答えた。八助も、自分も見たことがある、と答えた。

その言葉に、四郎吉は、ほらみろ、という顔つきをしながら、

「そんなところで嘘をついても、俺にはなんの得もありませんや」

にやけるその顔に、弥市はちっと舌打ちをする。

「その紙入れはどこで拾ったのだ」

聞いたのは、石下だ。弥市は、そんな石下のでしゃばりに、嫌な顔をするが、石下

は、無視を決め込んでいる。

四郎吉は、どうしたらいいのか、という顔をする。

「なに、おめえが拾った場所に連れて行ってくれたら、いいってことよ」

弥市は、四郎吉を睨みつけた。

そんなやりとりを、千太郎は、にやにやしながら聞いていた。由布姫は、黙ったままである。

四郎吉が連れて行ったのは、駿河町から日本橋に向かったところだった。

正面には富士山が大きく見えている。景色がいいのは、このあたりの特徴だ。

四郎吉は、真っ直ぐ進んでいく。やがて三井の大きな呉服店もなくなり、人形店がふえる十軒店が近くなった。

四郎吉の足は、やたらと速かった。逃げようとしているわけではないらしい。もともと、そんな歩き方をするのだろう。

弥市と千太郎、石下は、苦もなくついていくが、由布姫も遜色なく進む姿には、四郎吉が驚き顔をした。

「このお嬢さまは、足が達者らしい……」

目を丸くする四郎吉に、由布姫は、にやりとしながら、

「女と思ってばかにしたらいけませんよ」

にこやかに答える。

四郎吉は、苦笑するしかない。

やがて、足を止めた四郎吉は、ここでさぁ、と千太郎の顔を見た。

「このあたりだと思ったけどな。ほら、あそこに簪を売っている露店があるでしょう」

弥市には横柄な態度を取る四郎吉も、千太郎にはていねいな言葉遣いだった。

「あぁ、簪を買うつもりなんだなぁ、と思ったのを覚えているんでねぇ」

「なかなかいい覚えかたであるな」

偉そうな態度なら千太郎も負けてはいない。

「で、四郎吉とやら。拾った後はどうしたのだ。お路さんを追いかけていったのであろう？」

またもや、石下である。

「へっへ、それがまぁ、さもしい野郎はなかなか」

「なんだ、それは」

弥市は、石下に負けていられるか、という顔つきである。

「こらぁ、いいものを拾った、とまぁそんな按配《あんばい》でして」

「どうしてすぐ返さずに、雪さんに声をかけたのだ」

「ですから、落ちていましたよ、と届けたほうが礼金をたんまりもらえるのではないか、とまぁ、そんなさもしいことを考えたというわけでして、へっへ」

「自分でさもしいと思っているということだな」

千太郎が訊いた。

「旦那の顔を見ていると、なぜかそんな気分になってしまいまして、へぇ」

「気がついただけでも、よしとするか」

その言葉に、おっと待ったと弥市が手を広げた。その大仰な態度に、由布姫は、くすくす笑いをしながら、

「ふたりは、まったくいい相棒ですこと」

喜びもせずに、千太郎は由布姫を見つめながら、

「まぁ、長い間、一緒にやっていると、ここまでなれるということです」

「へぇ、誰とでもということにはならないと思いますがねぇ」

「いや、雪さんとなら、なれる」

「え？」

予想外の返答だったのだろう、雪こと由布姫は、顔を真っ赤にさせてしまった。

口の悪い四郎吉が、黙っているわけがなかった。

「おんやぁ？　ははぁ、おふたりさんはそういう仲だったんですかい」

「そういうとは、どういうことですか」

返答によっては、容赦しないという顔つきの由布姫に、四郎吉はさらに追い討《う》ちをかけた。

「おやおや、やはり、お嬢さんですねぇ。そんなことで怒ってはますます、本当のことだとばれてしまうだけですぜ」

へっへへ、と己でいうところの、さもしい顔つきでにやついている。

「許しません！」

とうとう由布姫は、懐剣を取り出した。それには、四郎吉も慌てて、

「待ってくだせぇ。もういいませんから」

と、叫びながら、その場しのぎをしようとする。だが、由布姫はそんなことで引き下がるような姫ではない。

逃げ惑う四郎吉を追いかけ回し続けた。

と、石下が親分、と声をかけて、

「このすぐ近くには留三郎の住まいがあるぞ」

「なんだって？」

驚き顔をする弥市に、石下は、間違いないという目で返答をした。

以前、お路を送ってここまで来たことがある、というのだった。すぐ案内するように伝える。

と、四郎吉は、あっしも行くんですかい、と面倒な顔をする。

「てめぇ、逃げようってのか」

「親分……そんなことはしませんよ」

すると、石下がまた口を出した。

「黙って、ついてまいれ」

ちっと舌を鳴らして、四郎吉はわかったよ、と答えた。

五

千太郎は、歩きながら小さな声で八助に質問した。

「石下という用心棒は、どういう男かな」

「はぁ……私はあまり付き合いがありませんから。もともと、お店にへばりついているのが仕事ですからね」

「お路さんの供などは？」

「さぁ、それはねぇでしょう。その仕事は私と決まっています」

なるほど、と千太郎は腕組みをしながら、歩き続けている。

やがて、石下は、ここだといって足を止めた。

こざっぱりした雰囲気に包まれた長屋だった。

弥市が長屋の入り口にある自身番で訊《たず》ねると、入って右側、三軒目が留三郎の住まいだと判明した。

そこにお路は隠れているのではないか、と弥市は千太郎の顔を見る。

「それも考えられる」

千太郎の言葉に全員が勇み立った。

もし、そうだとしたら、一気に解決になるのだが、そうは問屋が卸さない。

外から呼んでみても、返答はない。しんばり棒はかかっていない、と弥市が障子戸を勝手に開いてしまった。

とても男所帯とは思えぬほど、整理されている。蒲団は部屋の奥にきちんと畳まれ、隅々まで箒を使ったと思えるほどきれいだった。

「これは、逃げる用意をしていたようだ」

石下が、外から覗きながら呟いた。

「逃げる算段？」

じろりと弥市が睨む。

「普通、男ひとり暮らしの部屋がこんなにきれいなはずがない」

「女が掃除をしたというんですかい」

「男は、こんなにていねいにするわけがあるまい」

ううむ、と弥市は唸りながら千太郎に、どうしたものか、という目つきを送る。

「石下さんのいうとおりであろうな」

「ということは、女と一緒に逃げたと？」

「さて、それはどうかな」

「どっちなんです？」

そこに、由布姫が口を挟んだ。

「目くらましかもしれない、という意味ですよ」

「騙しだというんですかい？」

「女がいたのは確かだな」

千太郎が指さした先には、衣桁《いこう》があり女物の小袖が引っかかっていた。

「だけど、これもなにか意図を感じますねぇ」

由布姫が、首を傾げている。

「女が姿を消すときに、こんなあからさまなことはしません。きちんと畳んでおきます」

「なるほど。それも道理ですぜ」

頷きながら、弥市は部屋をうろつき回る。

「なにか見つかりましたかい？」

「てめぇにいわれたかぁねぇ」

四郎吉の問いに、弥市は睨み返す。

「おっかねぇなぁ。親分、あっしはなにも悪いことをしたわけじゃありませんぜ。その目つきはやめてほしいもんだ」

「やかましい。おめぇが関わっていねぇという証はねぇんだ」

「なにかやったという証もねぇはずですが？」

にやにやしながら、四郎吉は答えた。

「あぁいえば、こういう野郎だ」

面倒になったのか、弥市は目線をはずして、

「千太郎の旦那。どう見立てます？」

そうだな、とぐるりと部屋を見回し直す。

由布姫は、ここだけを見ていると、いうほど悪い男が住んでいたとは思えない、と呟いた。

「留三郎が悪党だという噂はあてにならねぇとでも？」

弥市は、由布姫までじろりと睨んだ。

苦笑を見せる由布姫を横目に見て、石下がまた口を挟んだ。

「四郎吉、ちょっとお前の塒に案内してもらおうか」

「必要ねぇでしょう」

弥市も、どうして四郎吉の塒に用があるのか、という気持ちなのだろう。

「石下さん、この野郎がなにか一枚嚙んでいるとでも思っているんですかい？」

「さぁ、それはわからぬが。念のためということもある」

「まぁ、そうですがねぇ」

腑に落ちない、という顔で、弥市は千太郎を見た。

「まぁ、石下さんがそういうのなら、一度、訪ねてみてもいいのではないか」

「千太郎の旦那がそういうのなら、あっしに否やはありませんが」

弥市は十手をぐいと四郎吉に向ける。石下にいろんなところで、先を越されて不愉快だ、と顔に書いてある。しかし、石下のいうことはもっともなところもあるので、文句もいえない。

その気持ちがさらに、弥市をイライラさせているようだ。

「わかりやした。連れて行きますから、勘弁してくださいよ」

若さにまかせて、いままでは岡っ引きにたてつくような言動を取っていたが、弥市の顔を見て、急激に弱気な目つきになる。

「変わり身の早い野郎だ。で、塒はどこにある」

「あっちでさぁ」

といいながら、指先を空に向けた。思わず弥市が指先を見つめ、千太郎は由布姫を見て、由布姫は弥市を見ていた。

一瞬の間《ま》が生まれた。そのとき、

「あ！　てめぇ！」

四郎吉が逃げ出したのだ。

だが、すぐ追いかけたのは、石下だった。

あっという間に追いつくと、羽交い絞めにして動けなくしてしまった。

くそ、と弥市がまた毒づく。また、石下に遅れを取ってしまったからだった。

と、そのとき、若い侍が由布姫の前に立った。

驚いた弥市が、そばに行こうとしたとき、

「よい、どうやら、雪さんの知り合いらしい」

千太郎が、弥市を止めた。千太郎の表情は硬くなっている。

「なにか起きたんですかい？」

「いや、私にはわからぬ」

「でも、あの顔つきは、まともな話ではありませんぜ。それに、侍のほうがどこかぺこぺこしています。どういう関係なんでしょうねぇ」

雪が、由布姫だと弥市は知らない。若侍は、おそらく由布姫の家臣なのだろう。屋敷でなにか不都合でも起きたのではないか、と千太郎は見つめている。

会話が終わると、由布姫が千太郎のほうに向かってきた。

「ちょっと、お話を」

ふたりは、一行から離れて、路地に向かった。角から少し行ったところに、辻灯籠が立っている。その横に隠れながら話し始めた。

「あの者は？」

　先に千太郎が訊いた。

「屋敷からです。あちこち、数人で私を探していたそうです。確かに家臣のひとりですから、ご心配なく」

「そうであればよいのだが……で、いかがしたのだ」

「それが……どうも、いつぞやの噂が」

「……誰ぞが雪さんを狙っているという話であろうか」

「はい、それです」

「事件でも起きたとしたら、それは由々《ゆゆ》しき問題」

「いえ、そこまでは……」

「なにがあったのです」

「猫が死にました」

「毒でも飲まされましたか」

　千太郎の顔は、いつになく真剣だった。いつぞや、市之丞から聞かされていたことが、真実になりそうだ。

「私が飼っていた猫ではないのです。野良猫だそうです。私の部屋に入ったところ、出てきたら、ふらふらになっていたそうです。腰元がどうしたのか、と抱きかかえようとしたら、縁側から庭に逃げていき、ひょうたん池の前で倒れました」

「死んだと？」

はい、と由布姫は沈んだ目を見せる。

「それは、いかぬ」

「一度、屋敷に帰ります。周りが騒然としているそうなので。志津はいますが、ひとりではさばききれないでしょう」

「ふむ……では、くれぐれも気をつけて。こちらのことは、忘れてもよいぞ」

「千太郎さまがいたら、問題はありませんね」

「そのとおりだ。だが、雪さんが心配だ」

「変わったことがありましたら、すぐ片岡屋に文《ふみ》でも出します」

「そうしてくれ」

由布姫は、若侍と一緒に、早足で離れていった。

六

不思議な雰囲気だった。

四郎吉の塒である。愛宕下に住んでいるというのは、事実であったが、部屋に入ると、香《かぐわ》しい匂いがしたのだ。

こんな男だ、騙されていると思える女のひとりやふたりはいても当然のことだ。だが、石下は、鼻を鳴らして、ちょっと鼻に皺を寄せて、いかにも気に入らない、という顔つきである。

弥市も、どこかおかしい、と感じているのだろう、部屋のなかを熊のようにうろついては、首を捻っているのだ。

気がついたふうな目つきをする千太郎と石下に睨まれて、四郎吉は、落ち着きをなくしている。

「なんだ、なにか困ったことでもあるのか」

相変わらず、睨みつける弥市にも四郎吉はまともな返答はせずに、あぁ、とか、うというような態度だ。

「どうもくせぇなぁ」

その言葉にも、驚くほど反応した。

「いや、あの、この匂いは」

「なにぃ？　匂いだと？」

思わぬ返しに、四郎吉は、自分が吐いた言葉の重大さに驚いたらしい。

「あ、いや、くせぇといわれたから」

「どうにもくせぇぞ。今度は本当に部屋が匂うというほうだ」

四郎吉の顔を見ながら、部屋の隅々まで見回した。

鼻を鳴らしている弥市に、石下は笑いながら、

「さっきの部屋と同じなんですよ」

「同じ？」

「匂いがな」

「あ！　そういうことか」

留三郎の部屋と同じ香りが漂っているのである。

「ということは？」

十手をぐるぐると回しながら、弥市は、四郎吉を追いつめていく。壁まで押し込む

と、十手の先をぐいと喉仏に当てた。

「留三郎とてめぇはぐるだな?」

「そういうことになりますね」

石下も同調する。

「四郎吉、やはりお前もお路さんとなんらかの関わりを持っているということになるな」

壁に押し込まれて身動きができなくなっている四郎吉の前に、ぐいと肩を押し付けて、石下は、どういうことか、と問う。

さっきまで落ち着きがなくなっていたのは、この事実のばれるのが、怖かったらしい。

四郎吉は、半べそになった。

「だからおれは」

そこで口ごもる。

「だから、なんでぇ、しっかり白状しねぇと、命もなくなるぜ」

「こ、殺しは勘弁してくれ」

「ばか、俺は殺しはしねぇ。やるのは、牢屋のなかにいる連中だ」

その言葉に、四郎吉はがたがたと体を震わせ始める。その脅しが功を奏した。半分、詰まりながら、四郎吉が語りだした。

「留三郎と俺とは、餓鬼の頃からの友だちだ。つい三ヶ月前くらいまでは、縁は切れていたんだが、ある日、野郎が訪ねてきたんだ」

「お路さんとの仲をどうにかしてくれとかいってきたのか」

「俺のところに来たんだから、あまりきれいな話をしに来たんじゃねぇ、とは思ったが、ようするに、かどわかしの狂言を打ちてぇ、力を貸してくれ、っていってきた」

「お前の役目はなんだい」

弥市が追求する。

「俺が、お路さんを誘拐する役目さ。それで、金を払わせて、その金を使ってふたりで江戸から逃げ出そうというのが、留三郎の計画だ」

「じゃ、どうしてお雪さんに声をかけたんだ。いや、人違いだというのはわかっているが、最初から狂言だと知っていて、わざわざ人を間違うばかはいねぇだろう」

それは……とまた四郎吉は口ごもる。

「なにか、手違いが起きたのであろう」

懐手をしながら、千太郎が訊いた。

「………」

「答えないところを見ると、そうなのだな」

千太郎の言葉に、四郎吉はしぶしぶ頷いた。

「では、ふたりの居場所を知ってるな」

だが、そこで、四郎吉は首を振った。

「いや、それが……」

「どうしたんだい。ここまで来て、まだ隠し事をするんじゃや、殺されても仕方がねぇぜ」

脅しをかける弥市の顔は見ずに、

「そう簡単な話じゃゃねぇんです……」

どういうことだ、と弥市はまた十手の先を肩にぐりぐりと押し付けた。四郎吉は、痛みに顔を歪めながら、

「それは、いえねぇ。本当に殺されてしまう」

「やかましい！　そんな世迷言《よまいごと》いってると、本当に三四《さんし》の番屋に突っ込むぞ」

三四の番屋とは、材木町の三丁目と四丁目の間にある番屋のことで、ここでは、とんでもなく厳しい詮議がおこなわれると評判なのだ。

どんな悪党でも、この番屋に送られると、やってないことまで白状してしまうといわれるほどである。

「ま、待ってくれ……」

大きく胸を上下させながら、四郎吉は顔を歪めて、

「困った……」

「ばかやろう、本当に困っているのは、消えた娘を探している親たちだ！」

さらに十手を突き刺す力が強烈になった。

「う……いてぇ、いてぇ……」

「だったら、さっさと白状しねぇかい」

「わかった……」

四郎吉は、留三郎とお路の居場所に連れて行く、といいだした。

弥市は、怒り心頭である。

「てめぇたちが、引っ掻き回しやがったのか」

「芝居を書いたのは、俺じゃねぇ。留三郎とお路さんのふたりだ。志之助なんて男と祝言するくらいなら、死んだほうがましだ、とお路さんがいいだしたんだ」

「それで、狂言かい」

十手を振り回しながら、弥市が追及する。

「おれは、片棒を担がされただけだよ」

千太郎や石下に目を向けた。

「まぁ、いいだろう。とにかく、ふたりの居場所に連れて行け。三河屋の用心棒としては、早く兼五郎さんを安心させてあげたいからな」

「わかったよ。ふたりがいるのは、すぐそこだ」

仕方なさそうに、四郎吉が歩き始めた。


だが事態は思わぬ方向に向かった。

四郎吉は、愛宕神社の裏手の広場のようなところに向かった。

確かに、四郎吉の塒からは目と鼻の先だった。

広場から少し奥に入ったところに、破れ寺《や》がある。そこには、もう住職もおらず、誰も使っていないのだ、といった。

こんな破れ寺には、誰も来ないから隠れ家としては、ちょうど都合がよかったらしい。

崩れた門から境内に入ると、草がぼうぼうである。

以前は、石畳だったなごりがあるが、石の隙間からも枯れた野草が生えていた。確かにこんなところには、誰も足を踏み入れる気にはならないだろう。

本堂の畳は、染みだらけで剝げていて、

「こんなところには長く隠れたくねぇなぁ」

思わず、弥市が呟いたくらいだった。

本堂から、続き廊下を渡ると、小さな部屋があった。

「あれ？　ふたりはいつもここに隠れていたんだが？」

「でかけたのかい」

「そんなはずはねぇ。隠れているのに、わざわざ姿を見せるわけがねぇ」

なんと、留三郎とお路が隠れていた場所にいなかったのである。弥市は、四郎吉を追及するが、自分はなにも知らねぇ、と答えるだけだ。一昨日まではここにいた、と主張する。

ふたりで逃げてしまったということはない、と四郎吉は言い張った。

「そのうち、身代金を親からせしめて、それから江戸を離れるつもりだった。だから、その金が入る前に、江戸から逃げることはありえねぇ」

「間違いねぇのか、それは」

あてが外れて、弥市はイライラのしどおしである。

「千太郎の旦那……どう思います？」

ふむ、と懐手になったまま、動こうとしない。それを見て、石下が、

「探すのもここまでか」

と呟いた。これ以上、探しようがないという顔つきをしながら、唇をぺろりと舐めた。それを見て、また弥市は気持ち悪そうに、

「やい、四郎吉。どこに行ったのか、なにか推量はねぇのかい」

「さぁ……」

まったく見当もつかねぇ、と四郎吉は答えた。

「留三郎の仲間などはいねぇのかい」

「いたとしても、隠れ家になるような塒を持っている野郎なんざいませんや」

と、石下がなにかを見つけたらしい。

「ここに、手ぬぐいがあるぞ。津島屋と書いてある」

「なんですって？」

驚き顔で、四郎吉がその手ぬぐいをひったくった。

「こんなものがあるはずねぇですよ。津島屋は、志之助の店だ……」

「となると、志之助がここに来たということになるが？」

「それしか考えられねぇ。そうだ、志之助が来て、ふたりをどこかに連れて行ってしまったんだ」

「志之助め、なにをやろうとしているんだい」

十手を振り回しながら、弥市が叫んだ。

「親分、津島屋に行って志之助を探したほうがよいのではないか」

またしても、石下に先を越された。

「わかってますよ」

弥市は、四郎吉にてめぇもこい、と腕を摑んだ。

七

飯田町の屋敷に戻った由布姫は、青い顔をした志津の前に座り、

「あまり気に病むことはない」

と慰めている。まるで反対ではないか、と志津は苦笑いをするのだが、

「しかし、あの噂が本当のことだとしたら……」

「もしそうだとしても、私は殺されません」

「……そろそろ、祝言を早めたほうがいいのではありませんか？」

「なぜです」

「命を狙っているなどという噂が出るようですから……」

「それと、これとは関わりはないでしょう」

「しかし」

「その話はもう終わりです」

そういいながら、由布姫は、少しだけ眉をひそめて、

「そういえば、志津は誰から噂を聞いたのです」

「……さぁ」

「忘れたのですか」

「はぁ……」

志津は、はっきりしない。なにかいいかけて、また、やめて、またいいかけて……。

落ち着きがないのだ。

「どうしたのです。先ほどからなにかいいたそうですが」、

「いえ……」

「心配なのは、わかります。でも、お前までがそのようにうろたえていては、困ります」

「はい」

「あのぉ……稲月家の若殿には教えてはいけませぬか？」

「はて、なぜです」

「そのほうが、祝言が早まるのではないかと」

「また、それですか」

「しかし」

堂々巡りになりそうなところ、声がかかった。

「なにごとです」

声の主は、稲月家との縁組を早くまとめようとしている、渋谷《しぶたに》供右衛門《ともえもん》という用人である。長年、務めているので、いわば、屋敷の妖怪だと由布姫が揶揄するような男だった。

「入りなさい」

すすっと、音もなく渋谷は由布姫の前に座ると、

「姫……戯れもほどほどにしていただきたい」

「なんです、突然」

「猫が死にましたぞ」

「聞いてます」

渋谷は、その名のとおり渋い顔をする。歳はすでに五十は過ぎているだろう。頭の鬢も申し訳程度しかない。しかも、残っている髪は白髪だ。

「猫ならよろしいのですが……」

「私が死ぬというのですか」

「そのようなことがありましたら、稲月家に申し訳が立ちません。家格としてはこちらが上とは申せ、こちらの失態だけではすみませんからな」

「……それほど、祝言を急げと？」

「早く嫁いでもらわねば、家臣も心配しております」

「ははぁ……」

「なんです？」

「ちと、訊《たず》ねるがよいか」

「なんなりと」

由布姫は、しばらく言葉を出さずに、じっと渋谷を凝視している。

「………」

なかなか言葉を出さない由布姫に、渋谷は怪訝な顔をする。

「供右衛門……」

「はい」

「私の目をしっかり見なさい」

「はぁ……」

なにをいうのだろう、と渋谷は、膝を擦ったり、目をかいたり、肩をトントンと叩いたり落ち着きがなくなりはじめた。

なかなか由布姫は、口を開かない。

「姫……なにごとですか」

「では、訊きましょう。私の命を狙っている集団がいるとのことですね」

「そのように聞きました」

「誰からです」

「はい？」

「誰からその噂を聞いたのです」

「さぁ……密偵たちからでしょう」

「狙っているのは、誰です」

「それがわかれば、苦労はいりません。警護の者の数を増やしていますから、姫はご心配なく。祝言することが、その集団から逃れる唯一の手段ですからな」

「なぜ、そういえるのです？」

渋谷は、ふぅとため息をつく。由布姫の追及がなかなか終わらないからだ。そばで、志津は間に入っていいものかどうか、という目つきで、ふたりを見比べていた。

「なぜ、と問いますか。それは、明快でございましょう。この屋敷から嫁ぎ先に姫の暮らしが移動するのです。そうしたら、殺し屋は狙うのが難しくなります」

「そのようなことは、ありませんよ。あちらにもその殺し屋の仲間がいるとしたらどうします」

「それはありますまい」

「なぜですか」

きりりとした目つきで、渋谷は睨みつけられ、

「いや、それは……あの」

しどろもどろになってしまった。

「あっははははは」

いきなり由布姫が笑いだした。手を叩かんばかりの大笑いである。

「な、なんです、その大口を開いて、姫ともあろうかたが、はしたない」

「供右衛門……化けの皮が剝がれましたね。私を化かそうとしても無駄ですよ」

「なんですと？」

「噂など、嘘なのでしょう」

「いや、そのようなことはありませんぞ。現に志津も聞いております」

体をかすかに横に向けて、志津を見た。

「志津……しっかり答えなさい」

「はい……」

「噂は誰から聞いたのです」

あのぉ……といいながら、目が渋谷を向いている。

「ほらみなさい。噂の出処は供右衛門、お前ですね」

「それは、私も密偵から……」

「嘘はやめなさい。早く祝言をさせたくて、そのような嘘を作り上げたのでしょう」

「いや、それは」

「その証拠に、さきほど私を探してきた者は、殺しの噂など聞いたことがない、と申してました。私の居場所がすぐわかったことも、不思議でした」

「…………」

「そこで、考えたのです。これは最初から仕組まれているのではないか、と。志津から私の居場所を聞きましたね。三河屋にいると……。そして、三河屋に行きそこから、私を見つけた」

「なんのことか、さっぱりわかりかねますなぁ」

渋谷は、薄笑いを始めている。志津は、心配そうな目つきを変えようとしない。由布姫の言葉に驚いているのだ。

「あのような噂がある、といえば私が慌てると思ったのでしょう。そこで、供右衛門、そなたは稲月家に嫁げば、殺し屋から逃げることができる、と私をいいくるめようとした。違いますか」

「いやいや、姫は頭脳明晰と思っておりましたが、これは、完敗ですなぁ」

悪びれない態度の渋谷に、由布姫は呆れている。

「ずうずうしい男です」

「あっはは。なにしろ妖怪と呼ばれる私ですから。念のため、といいますか、本人のために述べておきますが、志津は、この私の考えには加担していませんから、ご心配

なく
「心配などしていません」

　由布姫の顔は、ばかばかしい、と叫んでいた。

「ところで、猫はどうしたのです」

「あぁ、あれは、たまたまです。こちらが意図したことではありません。いくら妖怪の私でも生き物を殺すような真似はいたしません。おそらく、外でなにかを食べて、それが悪かったのではないかと。こんなことをいってはなんですが、ちと猫を利用させてもらったというわけです」

「それで、安心しました。いくら野良猫でも、殺していいということはありませんからね。噂に信憑性をもたせるためにやったとしたら、許さぬと思っておりました。それを聞いて安堵いたしました」

「では、姫……今度は、私の気持ちを安堵させてくだされ。早く、祝言を」

「もうよい」

　面倒くさそうに、由布姫は手を振って、下がれといった。二度いわれて、仕方なく、渋谷は立ち上がったが、

「姫……千太郎君はいい男ですぞ」

知ってます、と喉元まで出かかったが、にこりとするのが精一杯であった。

八

自分の噂が出ているとは、夢にも思わぬ千太郎だが、なぜか、くしゃみをして、

「ふむ、誰か噂をしておるぞ」

と呟いた。

弥市は、なにがです？　と怪訝な顔をするが、気にするなこちらのことだ、と答えるしかない。

四郎吉を伴って、津島屋に行ってみたが、志之助はずっと病で臥せっていたという。

それでは、留三郎とお路をどこぞに連れて行くことなどできるわけがない。

ふたりの探索は、壁に当たってしまったのだった。

「あの津島屋の手ぬぐいはなんでしょうねぇ」

店を出てから、弥市が疑問を呟く。

「誰かが、志之助を陥れようとしたのではないか」

またもや、石下だった。

だが、そこで千太郎が不思議なことをいった。

「石下さん、あんたはふたりの居場所を知ってるのではないかな？」

「おやぁ？　千太郎さん、おかしなことをいいますなぁ」

白い顔にかすかに赤みが差した。

「お路さんに横恋慕《よこれんぼ》しましたかな。それとも、身代金を横取りしようとしましたかな」

「おぬし……なにをばかなことをいうておる」

弥市は、驚いて千太郎の顔を見て、それから石下に向けた。千太郎は石下に目を据えて、続ける。

「ちょっとやりすぎたなぁ、石下さん」

「………」

「狐や狸だって、ここまで化かしませんよ」

「私たちと一緒に探索に出たのは、兼五郎さんの言葉だったろうが、心のなかでしめた、とでも思っていたのであろう。兼五郎さんが、いいださなければ、自分から申し出ていたかな？」

「なんのことか、さっぱりだ」

「四郎吉を雪さんが連れてきたのは、あまりにも偶然だ。話ができすぎてますよ」

そういうと、四郎吉を見つめる。

「お前は、この石下さんに頼まれたのか。雪さんに声をかけたのも、最初から計画していたことか！」

威厳のある声に追及されて、四郎吉はあたふたしながら、

「ち、ち、違います。あっしが雪さんに声をかけたのは、たまたまです」

「だとしたら、いつからこの石下に巻き込まれたのだ」

「あの後、賭場でです」

石下は、用心棒をやりながらも、賭け事が大好きだと四郎吉はいう。自分が通っている賭場で、石下とは顔見知りだった。酔っ払ったときに、つい、留三郎とお路の狂言の話をしてしまった。まさか、三河屋の用心棒とは知らなかったという。

「今日も、別に雪さんにつかまろうとしていたわけではありませんや。気になって三河屋に行ってみると、石下さんと一緒に皆が出てきた。だから、後をつけていただけです」

「駿河町で、八助に後ろから体当たりしたのは、四郎吉、お前だな」

「へぇ」

「八助がよろけたすきに、お路さんが走り去ったということか」

「そういうことです」

「石下とはいつからだ」

「酔っ払って話をした後で、脅されたのです。ふたりの居場所を教えろ、と。そこで、自分がうまく立ちまわって、あっしに分け前を留三郎より多く渡す、といわれました。友達を裏切るのは嫌だったんですが、いうことを聞かないと殺すといわれて、しぶしぶ……」

「津島屋の手ぬぐいは、石下さん、あんたがあのとき、懐から出したのか?」

「ふん、そんな面倒なことはせぬよ。四郎吉に予め落とさせていたのだ。目を私たちからそらすためにな」

「なるほど。用意周到ですなぁ」

「どこから気がついていたのだ」

「最初からです。あんたは、留三郎の塒を知っている、と本町を歩いているときにいった。でも、八助さんに訊いたら、あんたがお路さんと一緒に出歩くことはない、という返事。そこで、じっとあんたの動きを見ていると、ことごとく弥市親分の先を越していた。これは、自分の都合のいいように動かそうとしているな、と踏んだわけです」

「そうか、騙すことはできなかったか。狐や狸より下だったな。それにしても、おぬし、ただの目利きではない、と思っていたが、さすがだな。探索の目利きもあるらしい……だが、それもそろそろ終わりだ」

石下は、目を細めて千太郎を睨み付けた。

「一応、名乗っておこう。上州《じょうしゅう》太田の生まれ、石下井十郎だ」

ここではまずいからな、といって石下は、日本橋川の河岸に行こうと誘った。千太郎は、よかろう、と答えた。

河岸に着くと、石下は上段の構えのまますすすっと、千太郎に向かって進んだ。

おっと、と呟きながら、千太郎は下がりつつ、刀を抜き青眼に構えた。

お互いが、相手の動きを牽制しあっている。

「ふたりをあの寺から連れ出したのは、四郎吉は知らぬことか」

「当たり前だ。あんな者に分け前をやる気はない」

石下は、唇を舐めた。

千太郎は、じっくりと相手を見る作戦らしい。半眼で石下を見据えている。

「なかなかだな」

石下は剣先をゆらゆらと動かしながら時期を待っているようだった。

千太郎は、動こうとはしない。あくまでも敵の動きを待っているらしい。

さきに焦《じ》れたのは、石下だった。

きえ！

怪鳥のような叫び声を上げて、飛びかかった。

だが、それだけである。

剣は交えようせずに、千太郎の横を走り抜けたのだ。

千太郎は、体の向きを変えただけであった。慌てる様子はない。

石下が顔を歪めた。千太郎が予測以上の力を持っていることに驚いているらしい。

にやりと笑った千太郎だが、すぐ元の表情に戻り、

「よく喋るのは不利だと思っているからだな」

「やかましい！」

またもや頰を歪ませながら、石下は、下段に構え直した。

ひゅうと風が泣いた。冬の風は冷たい。長い間立っていると、指の動きが鈍くなってしまう。

したがって長引かせるのは、どちらにとっても、上策とはいえない。動いたのは、千太郎だった。目に見えるような動きではない。半歩ほど前に出たというだけである。

もちろん、石下は、気がついている。だが、下がるどころか、逆に同じく半歩ほど前に進んだ。

ふたりの距離が近づいた。

そのときを待っていたのか、千太郎の足の運びが、速くなった。

その素早さに石下は慌てた。剣先に乱れが生じたのだ。千太郎は、見逃さない。さぁっと音もなく、石下の横につくと肘で顎を殴るような仕種を見せて、袈裟に剣を振り下ろした。

「う……」

左腕を抱えて、石下がその場に跪《ひざまず》いた。その後の石下の動きは早かった。懐から手ぬぐいを取り出して、口にくわえ端をもって止血しながら千太郎に目を向けた。

その目は、驚きに満ちている。

戦いが終わっても、千太郎の佇まいに隙はない。それを感じて、また石下の目が奇妙に動いた。

「本物の強さだ……」

「それは、誉められたと思っておこう」

皮肉ではない、といいたそうに頬を歪めて笑った。

千太郎は、上からじっと見つめていたが、弥市を呼んで、縄を打たせた。

「ふん、町方にこんな目に遭うとは、焼きがまわったか。まぁ、最初から、おぬしに会ったときから、すでに焼きがまわっていたのかもしれんが」

四郎吉が、こそこそ逃げようとしたところに、弥市の十手が飛んだ。

九

二日後の片岡屋。

子どもたちの歓声が千太郎の離れまで届いている。そろそろ、桜のつぼみも五分程度は開き始め、吹く風も、春めいた暖かさを運んでいた。ところどころ、陽に当たる場所は草木も、緑に染まり始めている。

片岡屋の離れに、由布姫が座って、なにやら繕《つくろ》い物をしていたから、治右衛門は鉤鼻を蠢かせて驚愕していた。

「なにをしているのです」

まさか、雪が繕い物をするなど、治右衛門にしてみると、青天の霹靂《へきれき》のようなものだ。鉤鼻が蠢いている。

「なにかいけませんか？」

由布姫が訊いた。普段なら怒って答えるのではないか、と思えるのだが、そんな様子はない。いたって静かな目つきである。

石下と戦ったときに、相手の剣先が触れたのか、かすかに切れているところがあったのだ。それを由布姫は見つけて、繕っているのである。

「そんなことをしなくても、千太郎さんは、いろいろ着物を持ってますよ」

治右衛門は皮肉をいったが、由布姫は、そうですか、と顔も上げずに答えるだけだ。

「近頃、雪さんも変わってきましたねぇ」

「そうでしょうか」

「あまり喧嘩っ早くなくなりましたよ」

「落ち着いたのでしょう」

「ご自分でそこまでいいますか」

驚き顔で、治右衛門がいった。

「なにをそこまでいうのだな」

どこに行っていたのか、千太郎が座敷に戻ってきた。

「お戻りなさい」

なんと由布姫は、頭を下げたのだ。その姿に、治右衛門は、またもや驚き、そそくさとその場から離れていってしまった。

「あら、なにか用事があったのではないでしょうか？」

用もなくこの離れに治右衛門が来るはずがない。

「すぐ戻ってくるであろうよ」

いった先から、治右衛門の足音が聞こえた。

がらりと襖を開いて、

「千太郎さん、ちょっと観てもらいたいものが持ち込まれたので、帳場に来てください。後からでもいいですから」

そういうと、ちらっと由布姫を見た。まだ、針を動かしている姿を見て、あぁ、と嘆《なげ》くような声を出した。

「なんです、その声は？」

手を止めずに、由布姫が問う。

「これは、当分、嵐が続くかと思いましてね」

ははは、と笑いながら、治右衛門は離れていった。

「失礼な。どういうことですか、あれは」

言葉はきついが、半分笑っている由布姫に、

「私も、同じような感想ですよ」

上座につきながら、千太郎もにやにやしている。由布姫は手を動かしながら、

「ところで、例の噂ですが」

「はい、誰かの策謀でしたか？」

「おや、知っていたのですか？」

もしそうなら、どうして早くいってくれなかったか、といいたいのだ。

「違います。あまりにも、雪さんが落ち着いているから、嘘の噂だったのだろう、と思ったまでですよ」

「じつは……笑い話です」

そういって、渋谷供右衛門の話をすると、千太郎は大笑いをする。

「それはまた、その御用人も大変なことで」

「あら、それは、そちらも同じなのではありませんか？」

そうかもしれぬなぁ、かっかと笑った。

「お路さんはどうなりました？」

留三郎とお路は弥市が石下から聞き出し、本所のはずれにある小屋に、押し込められていたところを、助けられた。

「ふたりは、この先どうするのでしょう？」

「いま頃は、江戸から離れるところだろう。不始末をした娘を、そばにおいておくわけにはいかないと、父親が当分の金子《きんす》を渡して、江戸から離れるように計らったらしい」

「それは良かったではありませんか」

針仕事の手を休めて、由布姫がいった。

「親としては、苦渋の決断であろうよ」

「どうしてです？」

「留三郎は、ごろつきのような男だ。そんな者に娘を預けるのだから」

「どうしてお路さんも留三郎などというごろつき紛《まが》いの男に惹かれてしまったのでしょうねぇ」

「女は、悪に惚れるそうだから」

「ということは、千太郎さんも悪ということになりませんか?」

「ん?」

思わず、ふたりは目を合わせて、大笑いをする。

その声は帳場まで届いた。治右衛門は、なんだ? という顔で苦虫を嚙み潰している。千太郎に帳場へ来てくれ、と頼んだのに、なかなか来ないからだ。この調子だと、いつになるかわからぬ、と呟いた。

外から、暖かい風が入ってきた。

「あちこちで、春風が吹いているなぁ」

治右衛門の言葉と同時に、帳場に笑い声が入ってきた。千太郎と由布姫であった。

「あぁあぁ」

「なんです、その嘆きは」

由布姫が治右衛門の前に座って訊いた。

「なんでもありませんよ。ここに、また春がやってきた、と思っただけです」

「ほう、春よ春、春よ来い、だな」

意味不明な千太郎の言葉に、春右衛門は苦虫を嚙み潰し、由布姫は口に手を当て、

「笑い皺ができてしまいます」

それでも、とにかく楽しそうである。殺しの噂がなくなり、屈託がなくなったこともあるのだ。

「そうだ、雪さん。ちとそのあたりを散策でもしますかな」

にこにこ顔で、千太郎が誘った。

「あぁ、それがいいですね。ちょうどぽかぽか陽気ですよ」

「それは、困ります。ちと観ていただきたい刀があるのだよ」

文句をいう治右衛門に、千太郎は目を向けて、

「なに、気にするな。刀は逃げぬ」

ふたりは春風に乗って店から通りに出て行ってしまった。

治右衛門は、仕方がないと、そばに置いてあった刀を鞘から引き抜いた。

刃紋が、外から入る光に反射した……。

時代小説
二見時代小説文庫

花瓶《かびん》の仇討《あだう》ち　夜逃《よに》げ若殿《わかとの》　捕物噺《とりものばなし》7

著者　聖《ひじり》　龍人《りゅうと》

発行所　株式会社　二見書房
東京都千代田区三崎町二－一八－一一
電話　〇三－三五一五－二三一一［営業］
〇三－三五一五－二三一三［編集］
振替　〇〇一七〇－四－二六三九

印刷　株式会社　堀内印刷所
製本　ナショナル製本協同組合

ISBN978－4－576－13026－2
http://www.futami.co.jp/

夜逃げ若殿 捕物噺 夢千両すご腕始末

聖龍人［著］

御三卿ゆかりの姫との祝言を前に、江戸下屋敷から逃げ出した稲月千太郎。黒縮緬の羽織に朱鞘の大小、骨董目利きの才と剣の腕で江戸の難事件解決に挑む！

夢の手ほどき 夜逃げ若殿 捕物噺2

聖龍人［著］

稲月三万五千石の千太郎君、故あって江戸下屋敷を出奔。骨董商・片岡屋に居候して山之宿の弥市親分とともに謎解きの才と秘剣で大活躍！ 大好評シリーズ第2弾

姫さま同心 夜逃げ若殿 捕物噺3

聖龍人［著］

若殿の許婚・由布姫は邸を抜け出て悪人退治。稲月三万五千石の千太郎君との祝言までの日々を楽しむべく由布姫は江戸の町に出たが事件に巻き込まれた！

妖《あや》かし始末 夜逃げ若殿 捕物噺4

聖龍人［著］

じゃじゃ馬姫と夜逃げ若殿。許婚どうしが身分を隠してお互いの正体を知らぬまま奇想天外な妖かし事件の謎解きに挑み、意気投合しているうちに…第4弾！

姫は看板娘 夜逃げ若殿 捕物噺5

聖龍人［著］

じゃじゃ馬姫と名高い由布姫は、お忍びで江戸の町に出て会った高貴な佇まいの侍・千太郎に一目惚れ。探索に協力してなんと水茶屋の茶屋娘に！ シリーズ第5弾

贋若殿の怪 夜逃げ若殿 捕物噺6

聖龍人［著］

江戸にてお忍び中の三万五千石の若殿・千太郎君の前に現れた、その名を騙る贋者。不敵な贋者の、真の狙いとは⁉ 許婚の由布姫は果たして…。大人気シリーズ第6弾

二見時代小説文庫

はぐれ同心 闇裁き 龍之助江戸草紙
喜安幸夫［著］

時の老中のおとし胤が北町奉行所の同心になった。女壺振りと島帰りを手下に型破りな手法と豪剣で、悪を裁く！ワルも一目置く人情同心が巨悪に挑む新シリーズ

隠れ刃 はぐれ同心 闇裁き2
喜安幸夫［著］

町人には許されぬ仇討ちに人情同心の龍之助が助っ人。敵の武士は松平定信の家臣、尋常の勝負はできない。〝闇の仇討ち〟の秘策とは？大好評シリーズ第2弾

因果の棺桶 はぐれ同心 闇裁き3
喜安幸夫［著］

死期の近い老母が打った一世一代の大芝居が思わぬ魔手を引き寄せた。天下の松平を向こうにまわし龍之助の剣と知略が冴える！大好評シリーズ第3弾

老中の迷走 はぐれ同心 闇裁き4
喜安幸夫［著］

百姓代の命がけの直訴を闇に葬ろうとする松平定信の黒い罠！龍之助が策した手助けの成否は？これぞ町方の心意気、天下の老中を相手に弱きを助けて大活躍！

斬り込み はぐれ同心 闇裁き5
喜安幸夫［著］

時の老中の家臣が水茶屋の妓に入れ揚げ、散財しているという。極秘に妓を〝始末〟するべく、老中一派は龍之助に探索を依頼する。武士の情けから龍之助がとった手段とは？

槍突き無宿 はぐれ同心 闇裁き6
喜安幸夫［著］

江戸の町では、槍突きと辻斬り事件が頻発していた。奇妙なことに物盗りの仕業ではない。町衆の合力を得て、謎を追う同心・鬼頭龍之助が知った哀しい真実！

口封じ はぐれ同心 闇裁き7
喜安幸夫［著］

大名や旗本までを巻き込む巨大な抜荷事件の探索を続ける同心・鬼頭龍之助は、自らの〝正体〟に迫り来たる影の存在に気づくが……大人気シリーズ第7弾

強請《ゆすり》の代償 はぐれ同心 闇裁き8
喜安幸夫［著］

悪徳牢屋同心による卑劣きわまる強請事件。被害者かと思われた商家の妾には哀しくもしたたかな女の計算が。悪いのは女、それとも男？ 同心鬼頭龍之助の裁きは⁉

追われ者 はぐれ同心 闇裁き9
喜安幸夫［著］

夜鷹が一刀で斬殺され、次は若い酌婦が犠牲に。犯人の真の標的とは？ 龍之助はその手口から、七年前に起きたある事件に解決の糸口を見出すが……第9弾

神の子 花川戸町自身番日記1
辻堂魁［著］

浅草花川戸町の船着場界隈、けなげに生きる江戸庶民の織りなす悲しみと喜び。恋あり笑いあり人情の哀愁あり、壮絶な殺陣ありの物語。大人気作家が贈る新シリーズ！

女房を娶《めと》らば 花川戸町自身番日記2
辻堂魁［著］

奉行所の若い端女お志奈の夫が悪相の男らに連れ去られてしまう。健気なお志奈が、ろくでなしの亭主を救い出すため、たった一人で実行した前代未聞の謀挙とは……！

蔦《つた》屋でござる
井川香四郎［著］

老中松平定信の暗い時代、下々を苦しめる奴は許せぬと反骨の出版人「蔦重」こと蔦屋重三郎が、歌麿、京伝ら「狂歌連」の仲間とともに、頑固なまでの正義を貫く！

二見時代小説文庫

公家武者 松平信平《のぶひら》 狐のちょうちん
佐々木裕一［著］

後に一万石の大名になった実在の人物・鷹司松平信平。紀州藩主の姫と婚礼したが貧乏旗本ゆえ共に暮せない。町に出ては秘剣で悪党退治。異色旗本の痛快な青春

姫のため息 公家武者 松平信平2
佐々木裕一［著］

江戸は今、二年前の由比正雪の乱の残党狩りで騒然。背後に紀州藩主頼宣追い落としの策謀が……。まだ見ぬ妻と、舅を護るべく公家武者の秘剣が唸る。

四谷の弁慶 公家武者 松平信平3
佐々木裕一［著］

千石取りになるまでは信平は妻の松姫とは共に暮せない。今はまだ百石取り。そんな折、四谷で旗本ばかりを狙い刀狩をする大男の噂が舞い込んできて……。

暴れ公卿 公家武者 松平信平4
佐々木裕一［著］

前の京都所司代・板倉周防守が黒い狩衣姿の刺客に斬られた。狩衣を着た凄腕の剣客ということで、疑惑の目が向けられた信平に、老中から密命が下った！

千石の夢 公家武者 松平信平5
佐々木裕一［著］

あと三百石で千石旗本。信平は将軍家光の正室である姉の頼みで、父鷹司信房の見舞いに京の都へ……。松姫への想いを胸に上洛する信平を待ち受ける危機とは？

陰聞《かげき》き屋 十兵衛
沖田正午［著］

江戸に出た忍《しのび》四人衆、人の悩みや苦しみを陰で聞いて助けます。亡き藩主の無念を晴らすため萬ず揉め事相談を始めた十兵衛たちの初仕事の首尾やいかに!? 新シリーズ